Disney

Mulan

FSC www.fsc.org
MIX
Papier aus verantwortungsvollen Quellen
FSC® C111262

1 3 5 4 2

Deutsche Erstausgabe

Übersetzung: Claudia Amor

Ravensburger Verlag GmbH
Postfach 2460, 88194 Ravensburg
Printed in Germany
ISBN 978-3-473-49174-2
www.ravensburger.de

Disney

Mulan

Ravensburger

EINS

Die chinesische Morgensonne stand bereits hoch über dem Dach des Tulou, in dem Mulan zu Hause war. Das Mädchen stand im Hof des kreisrunden Gebäudes, das sich aus der Wohnung seiner Familie und jenen der Nachbarn zusammensetzte. Von allen Seiten drangen die gedämpften Geräusche der anderen Bewohner nach draußen. Von einem Balkon im zweiten Stock rief eine Mutter ihrer Tochter zu, sie solle die Wäsche hochbringen. In einer Küche im Erdgeschoss verriet das Klappern eines Kochlöffels, dass eine andere Mutter bereits das Abendessen vorbereitete. Durch den großen Durchgang, der zu den anderen Häusern und hinaus auf die Straße führte, hörte Mulan das Muhen der Kühe, die auf eine neue Weide getrieben wurden, und gelegentlich ein aufgeregtes Gackern, wenn eine Klaue einem verirrten Huhn gefährlich nahe kam. Aus ihrem eigenen Zuhause vernahm sie das gleichmäßige Klackern des Webstuhls, an dem ihre Mutter und ihre Schwester Stoffe herstellten.

Mulan ließ sich von den vertrauten Geräuschen nicht ablenken. Immerhin hatte sie jeden einzelnen Tag ihrer sieben Lebensjahre mit denselben wenigen Dorfbewohnern verbracht. Das Klappern und Klopfen war für sie nicht mehr als eine Geräuschkulisse. Ihre Aufgabe war eine andere: Sie musste die Hühner in den Stall verfrachten.

Dummerweise hatten die Hühner keine Lust, in den Stall zu gehen. Schon seit einer Stunde versuchten Mulan und ihr Vater, Hua Zhou, das Federvieh von einer Seite des Hofes auf die andere zu treiben. Doch jedes Mal wenn es ihnen gelungen war, den Großteil der Gruppe in dieselbe Richtung zu scheuchen, büxte wieder ein Huhn aus. Mulan standen bereits die Schweißperlen auf der Stirn, auch der Arm tat ihr weh, weil sie, um die Aufmerksamkeit der Vögel zu erlangen, ständig mit einem Holzstock auf den Boden schlug. Trotzdem bewegte sie sich voller Elan. Ihr Vater machte den Eindruck, als hätte er die Sache gern schleunigst hinter sich gebracht, Mulan hingegen hatte immer noch Lust, weiterzumachen. Sie liebte Herausforderungen.

„Ruhig, Mulan …"

Die Stimme ihres Vaters war streng, aber gütig. Als sie zu ihm aufblickte, sah er sie mit seinen warmen braunen Augen an und lächelte. Mulan wusste, dass ihr Vater, der stets mit hoch erhobenem Haupt und geschwellter Brust auftrat, viele Leute im Dorf einschüchterte. Früher war er ein stolzer Krieger gewesen, doch nun hatte das Alter seinem Körper zugesetzt. Die Schultern waren ein wenig gebeugt und das Haar hatte an Fülle verloren. Das Selbstbewusstsein hatte er sich aber bewahrt, daran konnte auch sein schlimmes Bein nichts ändern, weswegen er immer einen Gehstock bei sich trug. Mulan sah an ihm nichts Erbittertes oder Furchteinflößendes. Er war ihr Vater. Und sie liebte ihn.

Schon mit sieben wusste Mulan, dass sie ihre Zeit eigentlich dazu verwenden sollte, der Mutter im Haushalt zu helfen, aber sie machte sich eben nichts aus Weben, Kochen oder Putzen. Allein beim Gedanken daran musste sie gähnen. Ihre kleine Schwester Xiu, liebte diese Tätigkeiten, und sie war auch richtig gut darin. Daher war ihre Zeit besser genutzt – so hatte Mulan schon des Öfteren argumentiert – wenn sie ihrem Vater, der keine Söhne hatte, half und Xiu die Arbeit mit der Mutter überließ.

Ein lautes Gackern riss Mulan aus den Gedanken. Als hätten sie endlich begriffen, dass der Hühnerstall für sie Futter und Schlaf bedeutete, bewegten sich die Hühner nun geschlossen darauf zu. Mulan stieß einen kleinen Jubelschrei aus und erschreckte damit eine alte Frau, die am Fuß der riesigen Phönixstatue, die den Gemeinschaftstempel des Dorfes dominierte, ihre Räucherstäbchen anzündete. Der Tempel hatte wie auch die anderen Gebäude schon bessere Tage gesehen. Dachziegel waren locker und mehrere Bretter hatten sich gelöst. Nur die Statue war in einwandfreiem Zustand. Für die Bewohner des Dorfes war der Phönix heilig, er war der Mittelpunkt ihrer kleinen Welt. Er stand stellvertretend für ihre Ahnen und war eine Verbindung zu jenen, die zuvor gelebt hatten. Jeder Mann, jede Frau und jedes Kind verbrachte täglich etwas Zeit dort, um die Ruhe und den Frieden des Tempels zu genießen. Zumindest *meistens* war es dort ruhig und friedlich.

Für einen Moment sah es so aus, als wäre Mulans Aufgabe erledigt. Sie hielt sich hinter ihrem Vater und sah zu, wie er die letzten Vögel zur offenen Stalltür begleitete. Da sah sie aus dem Augenwinkel ein einzelnes Huhn, das sich von den anderen losgerissen hatte. Mulan runzelte die Stirn und schlich mit entschlossenem Blick davon, um dem Huhn zu folgen.

Mulan setzte ihre Schritte erst langsam und gleichmäßig. Als das Huhn sich ihrem Zugriff jedoch immer weiter entzog, begann Mulans Herz schneller zu klopfen, und es kribbelte ihr in den Fingerspitzen. Sie beschleunigte den Schritt, verfiel in einen leichten Trab und setzte schließlich zum Sprint an. Beim Ertönen ihrer Schritte ließ das Huhn ein panisches *Gack-gack!* hören, flatterte wild umher und ließ etliche Federn.

Das Rennen war eröffnet!

Mulan jagte das Huhn quer über den Innenhof. Immer wenn sie schon glaubte, es fassen zu können, entzog sich das störrische Vieh im letzten Moment dem Zugriff und genoss einen weiteren Augenblick Freiheit.

Zhou rief ihr zu: „Mulan! Vergiss das Huhn!“ Doch Mulans Schritte wurden nicht langsamer.

Auch dass der Vogel die Richtung gewechselt hatte und nun durch den runden Tempel zurück in Richtung Hühnerstall lief, nahm sie erst wahr, als sie bereits mittendrin stand. Das Huhn flatterte vor ihr hoch und segelte über die Phönixstatue. Völlig versunken in die Verfolgungsjagd, nahm Mulan Anlauf und hechtete ebenfalls über die heilige Figur. Es gelang ihr, mit den Füßen einem Zusammenstoß auszuweichen, doch da war noch der Stock, den sie bei sich trug …

Mit einem lauten Krach stieß der Stock gegen den gigantischen Steinvogel und schlug ihm den linken Flügel ab. Bei dem Radau schreckten die Dorfbewohner von ihren jeweiligen Tätigkeiten hoch und mussten entgeistert mit ansehen, wie der Flügel donnernd auf den Boden fiel. Sie hatten sich bisher von Mulans Faxen nicht aus der Ruhe bringen lassen – bis jetzt.

Mulan selbst bemerkte von alldem nichts. Sie war schon wieder draußen und lief dem Huhn hinterher eine Treppe hinauf bis zum Balkon im zweiten Stock des Gebäudes. Eine junge Mutter, die ihr Baby fest im Arm hielt, sprang noch im letzten Moment beiseite, als sie das Mädchen heranspurten sah.

„Mulan! Du vergisst dich!“, schallte eine Stimme und Mulan wurde langsamer. Ihre Mutter Li hatte sich mit verschränkten Armen und gerunzelter Stirn in der Eingangstür ihrer Wohnung aufgebaut. Neben ihr stand Xiu, die sich ganz im Gegensatz zur Mutter über Mulan und das Huhn, die den Balkon entlang auf sie zugelaufen kamen, amüsierte.

Als das Huhn am Ende des Balkons angekommen war, flatterte es in die Höhe. Mit seinen kurzen Flügeln kam es nicht weit, aber immerhin gelang es ihm, aufs Dach zu fliegen, wo es seine Flucht fortsetzte. Wieder beschleunigte Mulan ihren Schritt und rannte ungebremst auf das Ende des Balkons zu. Im letzten Moment griff sie nach einer herabhängenden Wäscheleine und kletterte daran hoch, bis auch sie das schräg abfallende Dach erreicht hatte.

Am höchsten Punkt blieb Mulan auf einmal wie angewurzelt stehen. Vor ihr lag eine üppige grüne Landschaft, die sich bis zum Horizont erstreckte. Das Gras auf den sanften Hügeln wiegte sich im Wind wie Wellen auf dem Meer. Mulan seufzte. Die Welt war so groß – und so voller Abenteuer. Sie wünschte – nicht zum ersten Mal – sie könnte gehen und herausfinden, was sich hinter dem Horizont verbarg. Aber sie würde niemals fortgehen können. Ihr Schicksal war zu eng verknüpft mit dem Gebäude, auf dem ihre Füße in diesem Moment balancierten. Und, wie ihre Mutter stets zu sagen pflegte: Du kannst deinem Schicksal nicht entfliehen.

Gack-gack!

Das herausfordernde Gackern des Huhnes holte Mulan aus ihren Träumereien zurück in die Wirklichkeit. Sie kniff die Augen zusammen und setzte sich wieder in Bewegung. Unten im Innenhof waren nach dem Unfall mit dem Phönix einige schockierte Dorfbewohner zusammengekommen, die nun zu Mulan nach oben starrten. Missfallen stand ihnen ins Gesicht geschrieben.

Als hätte es für sich beschlossen, dass das Spiel nun zu Ende war, blieb das Huhn stehen, begab sich an den Dachgiebel und glitt mit ein paar Flügelschlägen wieder hinunter auf festen Boden. Mit einem letzten, nachdrücklichen *Gack!* schlenderte es in den Hühnerstall.

Mulan sah ihm hinterher und nickte zufrieden. Unten eilte ihr Vater herbei und stieß hinter dem Unruhestifter die Stalltür zu. Mulan fühlte sich ein wenig stolz. Zumindest eine Krise war damit bewältigt.

Doch als sich ihr Blick mit dem ihres Vaters traf, erkannte sie, dass es noch ein weiteres Problem zu lösen galt: Sie war zwar auf das Dach nach oben gelangt, aber wie sollte sie wieder herunterkommen? Sie maß den Abstand zwischen dem Punkt, an dem sie stand, und der Stelle tief unten, an der das Huhn gelandet war. Voller Entschlossenheit ballte sie die Fäuste.

„Mulan!“, rief in diesem Moment ihr Vater, der diesen Blick in ihren Augen kannte. „Hör mir jetzt gut zu. Du atmest jetzt einmal tief durch, und dann kletterst du langsam – hörst du, langsam! – hier herunter. Hast du mich verstanden?“

Mulan antwortete nicht sofort. Sie spürte ihre Zehen kribbeln, so sehr reizte es sie, zu springen. Nur ein Schritt – und auch sie könnte fliegen. Doch dann besann sie sich, schüttelte den Kopf und blickte erst über die versammelte Menschenmenge und dann zu ihrem Vater.

„Ja, Vater“, antwortete sie schließlich.

Zhou lächelte zufrieden. Doch schon in der nächsten Sekunde blieb ihm vor Schreck die Luft weg, als Mulan einen nicht so langsamen Schritt nach vorn machte und in ihrer Hast auf dem glatten Schieferdach ausrutschte. Sie streckte die Arme zur Seite und begann, wie wild herumzurudern, um das Gleichgewicht wiederzuerlangen. Doch es war zu spät. Alle hielten die Luft an, als Mulan vom Dach fiel.

Einen kurzen, schrecklichen Moment lang dachte Mulan, sie müsste nun in den Tod stürzen. Doch dann klärte sich ihr Verstand. Wie von einem grellen Sonnenstrahl beleuchtet, stach ihr ein Holzbalken ins Auge, der von einem der Balkone waagrecht nach vorn ragte. Mitten im Fall drehte und wand sie sich, als könnte sie sich der Schwerkraft widersetzen, streckte die Arme aus und ergriff mit fester Hand den Balken. So konnte sie ihren Sturz bremsen und die Kontrolle wiedererlangen. Nachdem sie ein paarmal um den Balken geschwungen war, ließ sie die Hände los, wirbelte noch einmal durch die Luft und landete sicher auf dem Boden.

Unverletzt blickte Mulan in die Menge. In ihren Augen funkelte es und ihre Wangen waren vor Stolz und Aufregung ganz rot.

Doch dann kreuzte sie den Blick ihres Vaters. Zhou sprach kein Wort, doch das musste er auch nicht. Es war offensichtlich, was er empfand: Der Schaden, den Mulan angerichtet, und die Gefahr, in die sie sich gebracht hatte, waren zu viel gewesen. Mulan hatte ihren Vater enttäuscht.

Ihr Lächeln verschwand.

ZWEI

Mulan saß hinter Xiu und kämmte ihrer Schwester gedankenverloren das lange schwarze Haar. Auch das jüngere Mädchen schwieg, worüber Mulan recht froh war, denn in ihrem Kopf ging es laut und chaotisch genug zu. Immer wieder erinnerte sie sich an das enttäuschte Gesicht ihres Vaters. Es war wie ein Albtraum, aus dem sie nicht erwachen konnte. Sie fühlte sich grauenhaft. Sie wollte ihren Vater nicht verletzen, aber sie hatte doch keine andere Wahl gehabt. Hätte *er* denn das Huhn verfolgen können, mit seinem schlimmen Bein? Zwar war ihr Vater im Krieg ein Held gewesen, doch seine Verletzung hinderte ihn daran, so hart für das Dorf zu arbeiten wie früher. Mulan hatte ihm doch nur helfen wollen.

Doch irgendwie hatte sie damit nur das Gegenteil erreicht.

„Mulan?“

Xius ruhige Stimme durchdrang Mulans trübe Gedanken. Sie hielt inne, um zu hören, was ihre Schwester zu sagen hatte.

„Was war da, als du vom Dach gefallen bist?“, fragte Xiu.

Mulan wusste, was Xiu meinte. Sie hatte etwas ... Seltsames ... gespürt, während sie durch die Luft fiel. Als wäre ihr Geist ihrem Körper um einen Schritt voraus gewesen.

Doch sie wollte das nicht laut aussprechen – besonders nicht vor ihrer kleinen Schwester. „Ich habe einfach nur dieses ungezogene Huhn gejagt“, sagte sie also und kämmte weiter.

Doch Xiu schüttelte den Kopf. „Nein“, beharrte sie, „ich meine danach, als du gestolpert bist. Es hat kurz so ausgesehen, als wärst du ein Vogel ...“

Mulan wunderte sich über die scharfe Beobachtungsgabe ihrer Schwester. Xiu hatte recht. Sie hatte sich tatsächlich wie ein Vogel gefühlt. Ohne Angst hatte sie sich um den Balken herumgeschwungen und sich so lebendig gefühlt, wie nie zuvor. Wie ein majestätischer Vogel, der durch die Lüfte schwebt und mit dem Wind spielt. Kein plumpes Huhn, sondern ein anmutiger Raubvogel.

Wie war das möglich? Bisher hatte sie nicht gewagt, überhaupt darüber nachzudenken, aber war sie nicht um ein Haar einer Verletzung entkommen? Oder gar Schlimmerem? Irgendwie hatte das Gefühl in ihr – was auch immer es war – sie gerettet. Ihrer Schwester gegenüber würde sie das aber lieber nicht erwähnen, sie würde sie definitiv für seltsam halten. Also wechselte Mulan das Thema.

„Xiu“, sagte sie und hielt den Kamm still, „flipp jetzt nicht gleich aus, aber da ist eine Spinne in deinem Haar.“

Xiu vergrub den Kopf bis zu den Ohren zwischen den Schultern und wandte ihr sonst so unschuldiges Gesicht nach hinten zu Mulan um. „Du weißt doch, dass ich vor Spinnen Angst habe“, sagte sie, während ihre Unterlippe zu zittern begann. Doch dann kniff sie die Augen zusammen. „Das ist nicht wieder einer von deinen Späßen, oder, Mulan?“

Mulan verkniff sich ein Lächeln. „Nicht bewegen!“, rief sie. „Wenn du ganz stillhältst, kann ich sie zerquetschen …“ Doch als die Stimme ihrer Mutter aus dem Zimmer im unteren Stock heraufdrang, verstummte sie.

„Du verwöhnst sie“, hörte man sie laut und deutlich sagen. Mulan und Xiu spitzten die Ohren.

Mulan hielt mit geschlossenen Augen die Luft an. Sie konnte förmlich sehen, wie ihre Eltern der allabendlichen Routine nachgingen: Ihre Mutter räumte auf, während ihr Vater sorgfältig die Binde von seinem Bein wickelte. Nur ging diese Prozedur an diesem Abend nicht so leise vonstatten wie sonst.

„Es ist doch nichts dabei, wenn sie sich um die Hühner kümmert“, gab Zhou zurück.

„Du weißt, es geht mir nicht um die Hühner“, sagte ihre Mutter. „Es geht um *sie* … um ihr wildes Wesen. Wir dürfen sie nicht auch noch darin bestärken.“

„Mulan ist noch jung“, erwiderte ihr Vater, „sie muss erst lernen, sich im Zaum zu halten.“

Mulan fühlte, wie Ärger in ihr aufstieg. Natürlich meinte ihr Vater es nur gut, aber er sprach von ihr, als wäre sie ein ungezähmtes Fohlen und nicht seine Tochter. Unruhig rutschte sie auf dem Stuhl umher. Einerseits hätte sie diese Unterhaltung gern beendet, andererseits war sie neugierig, wohin sie noch führen sollte. Sie musste nicht lange warten.

„Du nimmst sie immer in Schutz!“, beschwerte sich Li. „Aber du vergisst dabei, dass Mulan eine *Tochter* ist und kein Sohn. Eine Tochter bringt mit einer *Heirat* Ehre in die Familie.“

„Jeder Mann, der unsere Mulan zur Frau bekommt, muss sich glücklich schätzen“, sagte Zhou.

Als sie ihren Vater diese Worte mit solcher Überzeugung sprechen hörte, biss sich Mulan auf die Lippe. Sie wollte um jeden Preis das Mädchen sein, das er in ihr sah. Vielleicht war sie *doch* ein wenig rücksichtslos gewesen, als sie dieses Huhn jagte. Und vielleicht hätte sie auf ihren Vater hören sollen, als er sie gebeten hatte aufzuhören. Aber würde ihr dummes Verhalten tatsächlich negative Auswirkungen auf ihre Heiratschancen haben?

Als hätte sie die Gedanken ihrer Tochter gehört, sprach Li weiter: „Xiu macht mir keine Probleme. Die Heiratsvermittlerin wird einen guten Mann für sie finden. Es ist Mulan, die mir Sorgen bereitet. Immer nur Mulan.“ Dann folgte eine weitere Pause, bevor sie kaum noch hörbar weitersprach: „Ich weiß einfach nicht, wo ihr Platz in dieser Welt sein soll.“

Unten wurde es still.

Mulan spürte den Blick ihrer Schwester, hielt den Kopf

aber gesenkt. Sie starrte auf den Kamm in ihrem Schoß und spielte nervös mit dessen Zähnen. Die Worte der Mutter hallten in ihren Gedanken wider. Stimmte es, was sie gesagt hatte? Gab es tatsächlich keinen Platz für sie auf dieser Welt? Es stimmte, sie hatte nie das Gefühl gehabt, wie die anderen Mädchen im Dorf zu sein. Stets war sie die Erste gewesen, die in einer Schlammpfütze landete oder die den Saum ihres Hemdes aufriss. Sie hatte sich draußen am Feld, an der Seite ihres Vaters, immer wohler gefühlt, als in der Küche ihrer Mutter. Sie hatte niemals gedacht, dass das falsch sein könnte – bis jetzt.

„Sie meint es nicht so“, flüsterte Xiu.

Mulan erwiderte nichts. Sie war noch nicht bereit, zu sprechen. Aber ihre Schwester war hartnäckig wie immer.

„Erzähl mir mehr von der Spinne“, forderte sie Mulan auf.

„Es gibt gar keine Spinne“, antwortete Mulan niedergeschlagen. Sie war nicht in der Stimmung für Spielchen.

„Wie viele Beine hat sie?“, fuhr Xiu unbeirrt fort und ignorierte ihr Murren.

Mulan seufzte. „Du weißt doch, dass Spinnen acht Beine haben“, antwortete sie missmutig.

„Sie ist aber nicht schwarz, oder?“, sagte Xiu und setzte einen verängstigten Blick auf, als käme wirklich eine Spinne auf sie zugekrochen. Sie wartete auf eine Reaktion ihrer großen Schwester.

Mulan musterte Xiu, deren Ausdruck voller Unschuld und Hoffnung war. Und obwohl Mulan sich nichts mehr wünschte, als sich noch einen Augenblick länger in ihrem Selbstmitleid suhlen zu dürfen, konnte sie Xiu doch niemals etwas abschlagen. Gegen das große Herz ihrer Schwester war sie machtlos.

Und so nickte sie schließlich: „Doch, sie ist schwarz, mit roten Punkten.“ Langsam begann das Spiel, ihr zu gefallen. „Und ich muss dir leider sagen, dass sie ungewöhnlich haarig ist. Gerade jetzt krabbelt sie über deinen Hals!“ Dann streckte sie die Hand aus und ließ ihre Finger über Xius Hals auf- und ablaufen.

Xiu kreischte. Als schließlich die letzte Sorgenfalte aus Mulans Stirn verschwunden war, schlich sich ein kleines Lächeln auf ihre Lippen. Zwar wusste ihre Mutter vielleicht nicht, wo einmal ihr Platz in der großen, weiten Welt sein würde, doch in diesem Augenblick freute es Mulan nur, dass ihre Schwester glücklich war und sie miteinander eine schöne Zeit verbrachten.

Sie würde sich später über die eigene Zukunft Gedanken machen.

Unglücklicherweise kam dieser Zeitpunkt gar nicht so viel später. Mulan erwachte aus einem schrecklichen Albtraum, in dem sie vor einem mannsgroßen Huhn davonrannte, und setzte sich mit pochendem Herzen im Bett auf. Draußen erhellte der Mond die finstere Nacht. Mulan erhob sich und stellte sich ans Fenster, um in den Innenhof hinauszuschauen.

In der Mitte stand der Ahnentempel, hell erleuchtet vom weißen Mondlicht.

Vielleicht, dachte Mulan, *könnte ich alles wiedergutmachen … wenn ich den Phönix repariere.*

Auf Zehenspitzen schlich sie aus dem Zimmer, die Treppe hinunter in die Küche. Dort holte sie sich aus einem Schrank eine große Schüssel und einen Mahlstein. So leise sie nur konnte, füllte sie den vom Abendessen übrig gebliebenen Klebreis in die Schüssel und begann, die Körner zu einer dicken, klebrigen Paste zu verarbeiten.

Zufrieden begab sich Mulan mit der Schüssel nach draußen.

Im Inneren des Tempels kniete sie sich auf den Boden. Sie nahm den abgebrochenen Flügel und legte ihn sich in den Schoß. Behutsam verstrich sie die klebrige Masse auf der Bruchstelle des Flügels. Danach ging sie damit hinüber zur Statue und fügte den Flügel an den Körper des Phönix an. Dort stand sie nun ganz still und drückte den Flügel so lange an den Körper der Statue, bis ihre Finger ganz weiß wurden.

Als sie glaubte, dass sie die Teile lange genug aneinandergepresst hatte, ließ sie ganz langsam los, Finger für Finger, bis sie schließlich beide Hände senkte.

Mulan wartete geduldig, um zu sehen, ob der Flügel hielt.

Selbst als sie hinter sich Schritte hörte, nahm sie den Blick nicht von der Statue. Es war ihr Vater, der sich an ihre Seite stellte und mit ihr den Vogel betrachtete. Still standen sie nebeneinander und waren in Gedanken versunken.

„Mulan", sagte Zhou irgendwann. Er sprach in leisem, aber bestimmtem Ton. „Was heute passiert ist, das möchte ich nie wieder erleben müssen." Er hielt inne und sah Mulan an. Als sie seinen Blick nicht erwiderte, hob er mit einem Finger ihr Kinn hoch, damit sie ihn ansehen musste. „Hast du mich verstanden?"

Mulan seufzte tief und nickte. Ihr Vater lächelte, doch die Enttäuschung war immer noch in seinen Augen zu lesen. Mulan konnte diesen Anblick kaum ertragen. Bisher war sein Blick immer voller Güte und Bewunderung gewesen. Sie entzog sich seinem Griff und wandte sich erneut dem Phönix zu. Und in diesem Moment begann der Flügel, seitlich abzurutschen.

Als die Endgültigkeit des Schadens, den sie angerichtet hatte, ihr so deutlich vor Augen geführt wurde, kamen Mulan die Tränen.

Wortlos streckte Zhou die Hand nach dem Flügel aus und schob ihn mit einiger Mühe zurück an seinen Platz. „Weißt du eigentlich, warum der Phönix an der rechten Seite des Kaisers sitzt?“, fragte er, während sein Blick weiter auf der Statue ruhte.

Mulan schüttelte den Kopf.

„Er ist sein Wächter. Sein Beschützer.“

„Und ich habe ihn kaputt gemacht“, flüsterte Mulan.

Zhou nickte. „Aber wusstest du auch, dass er halb Mann und halb Frau ist? Er ist stark *und* schön.“ Wieder machte er eine Pause und sah Mulan in die Augen. Jetzt war die Enttäuschung daraus endgültig verschwunden. „Wenn man einen Fehler macht, Mulan, dann ist das nicht das Ende.

Das ist die Lehre des Phönix. Was zählt, ist, dass man jeden Tag von Neuem aufsteht und weitermacht. Der Phönix wird dich behüten. Das ist seine Aufgabe. *Deine* Aufgabe ist es, Ehre in die Familie zu bringen. Glaubst du, du kannst das?"

Mulan blickte ihren Vater an. So hatte ihr die Lehre vom Phönix noch niemand erzählt. Natürlich wusste sie, dass er den Kaiser bewachte, aber dass er auch *sie* beschützte? Das änderte alles. Denn wenn der magische Vogel ihr Schutz bot, dann war es das Mindeste, dass sie ein Opfer für ihre Familie brachte. Auch wenn das bedeutete, dass sie dem Beispiel ihrer Schwester folgen und zum Schatten ihrer Mutter werden musste. Sie wollte tun, worum ihr Vater sie gebeten hatte. Sie würde ihre Familie stolz machen und ihr Ehre bereiten – ganz egal, welche Opfer es ihr abverlangte.

Da ergriff sie die Hand ihres Vaters und gemeinsam gingen sie zurück ins Haus. Sobald sie sich abgewandt hatten, rutschte hinter ihnen erneut der Flügel vom steinernen Körper der Phönixstatue.

DREI

In der Zeit danach versuchte Mulan Tag für Tag, die ehrbare Tochter zu sein, die ihre Familie stolz machte. Pflichtbewusst saß sie neben ihrer Mutter und übte sich im Weben. Wenn die Jungen des Dorfes sich zum Spielen im Innenhof trafen, riss sie sich zusammen, um den Ball nicht zurückzutreten, wenn er ihr vor die Füße fiel.

Trotz aller guten Absichten gelang es ihr nicht immer, brav zu sein. Manchmal konnte sie ihr Temperament einfach nicht kontrollieren. Wie einmal, als sie nicht anders *konnte*, als den Ball zu den Jungen zurückzukicken. Dabei war es nicht allein ihre Schuld, dass sie zu schwungvoll war und der Ball schon wieder die arme Phönixstatue traf. Diesmal war es der Kopf. Oder einmal, als sie ihr Pferd, Black Wind, etwas zu schnell vom Feld hereinritt und aus Versehen die Wäsche der Nachbarin umstieß …

Die Tage, Monate und Jahre verstrichen, und Mulan arbeitete weiter daran, ihr wildes Wesen zu zügeln. Sie bemühte sich, ihr Haar stets zu einem sauberen Knoten zu bändigen, zumindest am Morgen. Außerdem machte sie einen weiten Bogen um den Tempel und den Hühnerstall. So gut es eben ging. Als sie sechzehn Jahre alt wurde, hatte sich der Rest ihres Körpers an die langen, schlaksigen Beine angepasst und sie war zu einer großen, anmutigen Schönheit geworden. Nur von Zeit zu Zeit blitzte noch einmal das ungestüme, kleine Mädchen durch, das damals den Phönix zerbrochen hatte und darauf brannte, etwas Wildes und Waghalsiges anzustellen.

Als sie eines Nachmittags mit Verspätung von einem Ausritt auf Black Wind nach Hause zurückkam, sprang Mulan eilig aus dem Sattel und brachte das Pferd in den Stall. Sie konnte das Essen bereits riechen und wusste, dass ihre Mutter nicht erfreut sein würde. Schnell überquerte sie den Hof und betrat ihr Heim.

Der Rest der Familie war bereits um den Tisch versammelt. Mulan stürmte ins Zimmer, schnappte sich einen Teller und setzte sich zu den anderen. „Black Wind und ich sind heute neben zwei Kaninchen geritten, Seite an Seite“, erzählte sie, während sie etwas Reis aus der Schale pickte. „Ich glaube, eines war ein Männchen und das andere ein Weibchen …“ Sie hielt inne, als sie bemerkte, dass die anderen sie alle anstarrten und niemand außer ihr ein Wort sprach. „Was?“, fragte sie zunehmend irritiert. Hatte sie noch Gras in ihrem Haar stecken oder klebte noch Schlamm im Gesicht?

Li rang nervös die Hände. Einmal setzte sie zum Sprechen an, ließ es dann aber doch sein. Mulan kniff die Augen zusammen. Das konnte kein gutes Zeichen sein. Ihre Mutter war noch nie davor zurückgeschreckt, zu sagen, was sie dachte. Doch nun machte es beinahe den Eindruck, als hätte sie … Angst.

„Was ist denn los?“, bohrte Mulan nach.

„Wir haben wunderbare Neuigkeiten“, begann Li, doch ihre Stimme verriet, dass sie unsicher war. „Die Heiratsvermittlerin hat eine vielversprechende Partie für dich gefunden.“

Mulan blieb die Luft weg. Sie fühlte, wie alle Farbe ihr

aus dem Gesicht wich. *Heiratsvermittlerin? Vielversprechende Partie?*

Seit sie ein heiratsfähiges Alter erreicht hatte, fürchtete sie sich vor diesen Worten. Monatelang schon hatte sie mit anhören müssen, wie die anderen Mädchen im Dorf über ihre eigenen Partien kicherten. Insgeheim war sie immer erleichtert gewesen, wenn wieder ein Tag vergangen war, ohne Nachrichten von der griesgrämigen alten Frau zu erhalten, die davon lebte, die heiratsfähigen Mädchen des Dorfes zu verkuppeln. Ihre Idealvorstellung wäre gewesen, wenn man *niemals* einen passenden Mann für sie gefunden hätte. Damit sie ihr Leben so hätte weiterführen können, wie es war – in Freiheit.

Xiu hingegen sprach andauernd über die Freuden eines Lebens als Ehefrau. Jeden einzelnen Abend erzählte sie Mulan von den Rezepten, die sie zubereiten wollte und von den Kleidern, die sie weben wollte. Stundenlang sinnierte sie darüber nach, wie sie dem Mann, der ihr Ehemann würde, dienen wollte. Wie glücklich sie ihn und ihre Familie machen wollte. Mulan erschien ein solches Leben einengend und langweilig.

Mulan hätte es niemals zugegeben, weil sie wusste, dass es ihrer Familie nicht die erhoffte Ehre einbringen würde, aber sie *wollte* gar nicht heiraten. Stattdessen könnte sie doch zu Hause bleiben und ihren Eltern zur Hand gehen, überlegte sie. Womöglich konnte sie sie auf andere Weise stolz machen. Mulan blickte zu ihrem Vater, in der Hoffnung, dass er dem Gespräch irgendwie ein Ende setzen würde.

Als sie den verzweifelten Ausdruck ihrer Tochter sah, verhärteten sich Lis Gesichtszüge. „Dein Vater und ich haben das bereits besprochen“, beharrte sie.

Zhou nickte, auch wenn er dabei traurig aussah. „Ja Mulan, es ist entschieden.“

„Aber …“, begann Mulan.

Ihr Vater unterbrach sie mit einem Kopfschütteln. „Es dient dem Wohle der Familie.“

Mulan hob den Kopf und erwiderte den Blick ihres Vaters. Da erinnerte sie sich an die Nacht damals im Tempel, als ihr Vater ihr erzählt hatte, dass der magische Vogel sie beschützen würde. Sie musste darauf vertrauen, dass er sie nun beschützte und es auch weiterhin tat, wenn sie dann verheiratet war. Mulan hatte ihrem Vater versprochen, der Familie Ehre zu bringen. Auch wenn sie dafür ihr eigenes Glück opfern musste.

Mulan seufzte tief, bevor sie mit leiser Stimme sagte: „Ja, es ist das Beste so. Ich bringe Ehre in das Haus.“

Während ihre Mutter erleichtert durchatmete, sank Mulan resigniert in ihren Stuhl. Ringsum begannen die gewohnten Gespräche, doch Mulan schwieg. Sie war in ihre eigenen Gedanken versunken, denn mit einem Wimpernschlag war ihr Schicksal besiegelt worden. Noch nie zuvor in ihrem ganzen Leben war sie so unglücklich gewesen.

Weit, weit entfernt von Mulans Tulou wurde auch noch ein anderes Schicksal besiegelt.

Die Luft über der Wüstensteppe war klar. Die Sonne schien gleißend vom Himmel herab und ließ den befestigten Handelsstützpunkt am Horizont in ihrem Licht schimmern wie eine Fata Morgana. Als einer der wenigen Umschlagplätze in der schier endlosen Landschaft war die Garnisonsstadt voller Leben. Menschen aus aller Welt gingen mit den Waren, die sie hier verkaufen oder eintauschen wollten, ein und aus. Der quirlige Marktplatz hallte von den Stimmen der Händler wider, die farbenprächtige Seidenstoffe, Teppiche, Edelsteine und Früchte feilboten. Doch trotz des regen Treibens herrschte Ordnung in der Stadt. Beamte überwachten den Handel und notierten sich die Verkäufe, sodass niemand auf die Idee kam, nicht ehrlich zu sein.

Aus dem Sattel seines kräftigen Hengstes blickte Böri Khan über die Steppenlandschaft hinunter auf den Handelsstützpunkt. Unter der leichten Rüstung wölbten sich die Muskeln und seine Haut war mit einem dünnen Staubfilm bedeckt. Sein Haar war, wie das der meisten seiner Männer, lang, schwarz und unordentlich. Doch Böri Khan war sein Aussehen völlig gleichgültig. Er und seine Männer waren weit geritten, um hierher zu gelangen. Dennoch machten sie keineswegs den Eindruck, erschöpft zu sein.

Böri Khan verengte die dunklen Augen zu schmalen Schlitzen, während er den Händlern und Kaufleuten dabei zusah, wie sie die Geschäfte abwickelten – völlig ungeschützt und angreifbar. Unter der Herrschaft des Kaisers waren die Menschen faul geworden. Es hatte jahrelang keine Kriege gegeben, noch nicht einmal die Androhung eines Krieges. Man hatte die Zeit vergessen, in der die Rouran das gesamte Kaiserreich überrannt hatten und den Menschen bei der bloßen Erwähnung ihres Namens ein Schauer über den Rücken gelaufen war. Die berüchtigten Schattenkrieger waren der Grund dafür gewesen, dass viele solcher Handelsstützpunkte aufgelöst worden waren. Doch dann hatte der Kaiser den Anführer der Rouran besiegt, und über viele Jahre gab es von den Furcht einflößenden Schattenkriegern keine Spur. Das Kaiserreich wähnte sich wieder in Sicherheit.

Doch bald würde Böri Khan ihnen vor Augen führen, wie sehr sie sich getäuscht hatten. Die Rouran waren nicht zerstört worden. Sein Vater hatte ihm alles beigebracht, was er wusste, bevor der Kaiser ihn tötete. Und nun hatte Böri Khan die Rouran wieder zum Leben erweckt. *Es ist an der Zeit, Rache zu nehmen,* dachte er, während er die weit geöffneten Tore der Garnisonsstadt ins Visier nahm.

Er wandte sich zu seinen Kriegern um und hob die Hand. Zwölf Pferde scharrten mit den Hufen, als sich ihre schwarz gekleideten Reiter, deren Gesichter bis auf einen Schlitz für die Augen völlig verhüllt waren, für den Angriff bereit machten. Einer der Krieger trug eine Fahnenstange bei sich, von der eine schwarz-goldene Flagge mit dem Abbild eines Wolfskopfes wehte. Böri Khan ließ sich noch einen Augenblick Zeit. Er wollte die Angst in den Augen der Wachen sehen, wenn sie ihn und seine Männer bemerkten.

Es dauerte nicht lange, bis es so weit war. Oben auf der Stadtmauer bog ein Wachmann um die Ecke. Plötzlich frischte der Wind auf und fuhr in das Wolfsbanner. Das schnalzende Geräusch schallte über die Steppe, sodass der Blick des Wachmanns auf Böri Khan und seine Krieger fiel.

Ein befriedigtes Grinsen machte sich im Gesicht des Anführers breit, als Panik den Wachsoldaten erfasste. Noch während der Mann den zwecklosen Versuch unternahm, die anderen Wachen zu warnen, damit sie die Stadttore schlossen, gab Böri Khan sein Handzeichen.

In Sekundenschnelle preschten die Schattenkrieger über den Wüstenboden heran. Hinter ihnen wirbelten die Hufe der Pferde eine gigantische Staubwolke auf. Vom Verteidigungswall aus begannen Wachen, Pfeile abzufeuern, doch sie zielten schlecht und ihre Arme zitterten. Die Schattenkrieger ritten unbeirrt näher.

„Schießt auf den Anführer!“, hörte Böri Khan einen der Wachmänner rufen, doch er galoppierte einfach weiter, selbst als ein Pfeil geradewegs auf seine Brust zuflog. Kurz bevor er ihn zu durchbohren drohte, schnappte er den Pfeil am Schaft und fing ihn aus der Luft. Während die Wachen vor Erstaunen noch wie versteinert waren, zog Böri Khan seinerseits einen Pfeil aus dem Köcher und spannte ihn ein.

Zur Verwunderung der Wachen schoss er jedoch nicht auf eine Person, sondern ließ den Pfeil in hohem Bogen durch die Luft fliegen. Er sauste über die Befestigungsmauer und blieb mit einem lauten, dumpfen Geräusch in dem Holzmast stecken, der mitten auf dem Marktplatz stand. Die Händler, die sich bisher der drohenden Gefahr nicht bewusst gewesen waren, bekamen es bei dem Anblick mit der Angst zu tun.

Ein Händler mit einem roten Fez, der unmittelbar neben dem Mast stand, wandte sich zu dem Pfeil um. Ein wissendes Funkeln blitzte in seinen Augen auf, als er die Hand hob und hinter einem Ohr vorsichtig eine lange Nadel herauszog. Dann stieß er einen lauten Schrei aus und trat mit dem Fuß gegen einen Gewürzstand, sodass er umfiel und das bunte Gewürzpulver in die Luft stob. Da begann der Mann, sich zu verwandeln. Sein Haar wuchs, bis es ihm über die Schultern fiel, und seine Gesichtszüge veränderten sich. Die Wangen wurden schmaler und seine Haut ganz glatt. Als die Verwandlung abgeschlossen war, hörte man einige Kaufleute aufschreien.

Wo der Mann im roten Fez gestanden hatte, befand sich nun eine attraktive, aber gefährlich aussehende Frau. Und es war nicht irgendeine Frau. Es war Xianniang.

„Hexe!“, brüllte einer der Wachen, dessen Aufmerksamkeit von Böri Khan auf den Marktplatz gelenkt worden war. „Sie ist eine Hexe!“

Der Ausruf versetzte den gesamten Marktplatz in Aufruhr. Die Kaufleute schubsten und rempelten einander an, um vor der Hexe zu flüchten. Die Luft füllte sich mit den Staubwolken, die die trampelnden Füße aufwirbelten. Mittendrin in diesem Tumult stand Xianniang und schaute, ohne eine Miene zu verziehen, zu, wie das Chaos seinen Lauf nahm.

Doch dann beugte sie langsam die Knie und hob einen Arm. Mit dem anderen Arm fasste sie an ihren Gürtel. Schnell wie der Blitz zog sie vier Dolche daraus hervor und schleuderte sie mit einem Kreischen, das an einen Raubvogel erinnerte, durch die Luft. Hintereinander zischten sie über den Marktplatz und trafen vier Wachen, die auf dem Boden zusammensackten.

Die Wachen auf der Stadtmauer hatten keine Zeit, sich um ihre gefallenen Kameraden zu kümmern. Sie waren mit Böri Khan beschäftigt, dessen Hengst sich in halsbrecherischem Galopp der Mauer näherte. Der Reiter hatte sich ein dichtes Büschel der Mähne geschnappt und schwang sich nun aus dem Sattel auf die Beine, sodass er schließlich aufrecht auf dem Rücken des galoppierenden Pferdes stand. Dort wartete er mit gezogenem Schwert. Gerade als es so aussah, als würde er ungebremst in die Mauer rasen, holte Böri Khan aus und sprang.

Mit donnerndem Gebrüll landete er auf der Mauer. Die Wachen waren leichte Beute für das Schwert von Böri Khan, das er mit geschulter Leichtigkeit herabsausen ließ.

Nun erklommen auch die anderen Schattenkrieger die Mauer und stürzten sich auf die Wachen. Laut ertönte das Klirren von Metall, als die Klingen aufeinandertrafen.

Als Böri Khan Xianniang unten auf dem Marktplatz stehen sah, räumte er zwei weitere Wachen aus dem Weg und sprang von der Mauer hinab.

Die Hexe, die ihn noch nicht bemerkt hatte, setzte ihren eigenen Kampf fort. Sie war von fünf Soldaten umstellt, die allesamt größer und stärker waren als sie. Doch das kümmerte sie nicht weiter. Ihr Gesicht war eine Maske der Gelassenheit, ihre Hand ruhig. Fast schien es, als wartete sie darauf, dass die anderen den ersten Schritt machten, obwohl sie ihnen allein gegenüberstand.

Die Soldaten, die ihren Vorteil witterten, gaben einander ein Zeichen zum Angriff. Sie stürzten mit langen Speeren auf sie los, doch die Spitzen ihrer Waffen trafen nur ins

Leere. Im Bruchteil einer Sekunde hatte sich Xianniang die Spitze eines Speeres gegriffen, ihn umgedreht und zurück auf die Männer gerichtet. Ihr Körper verwandelte sich in einen Wirbel aus schwarzer Seide, so schnell waren ihre peitschenden, drehenden Bewegungen. Als sie fertig war, lagen vier der fünf Soldaten auf dem Boden. Der verbliebende Soldat, der jüngste von allen, kniete zitternd vor ihr und blickte voller Angst hoch.

Da trat Böri Khan vor. Die Hexe, die seine Gegenwart witterte, sah sich zu ihm um und ließ langsam den Speer sinken. Böri Khan nickte zufrieden. Sein Plan, den er selbst vor seinen eigenen Männern geheim gehalten hatte, hatte funktioniert. Die anderen hatten angezweifelt, dass die Hexe an seiner Seite kämpfen würde, doch er hatte recht behalten. Xianniang war zwar stark, aber ebenso machthungrig wie er. Ein Leben in Einsamkeit, am Rand einer Gesellschaft, die ihresgleichen fürchtete, hatte sie oft dazu gezwungen, sich in einen Raubvogel zu verwandeln, um nicht Opfer von Vorurteilen oder Bestrafungen zu werden. So war sie böse geworden und trachtete nach Rache. Mit ihr war Böri Khan seinem Ziel einen Schritt näher gekommen. Die Garnisonsstadt war erobert.

Gemeinsam schritten Xianniang und Böri Khan auf das

Stadttor zu. Die Kampfgeräusche hinter ihnen verebbten, als die Schattenkrieger die letzten Wachen niederrangen.

„Eine weitere Garnison ist erobert, Böri Khan“, sagte Xianniang mit rauer Stimme.

Böri Khan nickte. Auch der Kaiser würde die Neuigkeit nun erfahren. Die Krieger von Rouran waren zurückgekehrt, und bald schon würde das ganze Kaiserreich ihnen gehören.

VIER

Hinter den Mauern der kaiserlichen Stadt verlief der Tag annähernd so wie immer – in Ruhe und Frieden. Die riesige Stadt war eine Hochburg der Zivilisation, eine lebendige Metropole. Die Bürger blickten mit Stolz auf die Märkte, auf denen Händler aus aller Welt ihre Waren verkauften. In jedem Viertel der Stadt stieß man auf Tempelanlagen, stille Mahnmale der Vorfahren, die über die Menschen wachten und sie in ihrem Vertrauen in die Macht des Kaisers bestärkten.

Im Nordwesten thronte auf einem Hügel der kaiserliche

Palast. Seine weiß-goldene Fassade war so strahlend, als wäre sie erst am Morgen frisch gestrichen worden. Bunt gefiederte Vögel flatterten über das Eingangstor zu ihrem Nest in einem der vielen Bäume, die das Gebäude umgaben. Der Palast sollte ein Ort sein, der Frieden und Sicherheit vermittelte.

Und das tat er auch. Normalerweise.

Im Thronsaal blickte der Staatskanzler zum Kaiser empor, der mit versteinerter Miene auf dem Thron saß. Wie immer in diesen weitläufigen Räumen fühlte er sich irgendwie klein und unbedeutend. Doch er wusste auch, dass das nicht stimmte. Nach Jahrzehnten, die er dem Kaiser bereits zur Seite gestanden hatte, war er sein engster Vertrauter. Was auch bedeutete, dass die Neuigkeiten, die er nun zu überbringen hatte, den Kaiser hart treffen würden.

Er holte noch einmal tief Luft, neigte das Haupt und trat einen Schritt vor. „Eure Majestät", begann er und hoffte dabei, dass seine Stimme nicht so ängstlich klang, wie er sich fühlte. „Sechs unserer Garnisonen an der Seidenstraße sind einem koordinierten Angriff zum Opfer gefallen." Die vielen Schreiber, die den Herrscher umringten, hielten die Köpfe gesenkt, doch der Kanzler konnte erkennen, wie sie nervös mit den Füßen scharrten. Der Kaiser selbst, dessen

Körper im Schatten verborgen war, verlor kein einziges Wort. Also sprach der Kanzler weiter: „Jeglicher Handel im nördlichen Reich ist zum Erliegen gekommen."

„Und meine Untertanen?", erkundigte sich der Kaiser leise.

„Brutal ermordet", erwiderte der Kanzler. „Dieser Soldat hier ist der einzige Überlebende." Er nickte einem jungen Mann zu, der etwas abseits kniete. Sogar aus einiger Entfernung konnte der Kanzler erkennen, dass das Gesicht des Wachsoldaten blass und gequält wirkte. Was er in der Garnisonsstadt erlebt hatte, war ein grausiger Albtraum gewesen.

Nun erhob sich der Kaiser und trat aus dem Schatten. Er war zwar kein groß gewachsener Mann, strahlte jedoch große Macht aus. Er hatte wache, weise Augen, und trotz der großen Verantwortung, die auf seinen Schultern lastete, hatte ihm das Alter bis auf wenige Falten kaum etwas anhaben können. Obwohl ihn diese Neuigkeiten zutiefst trafen, bewahrte er Ruhe. Es war unter anderem dieser Charakterzug, der ihn als Herrscher so beliebt machte.

„Wer ist dafür zur Verantwortung zu ziehen?", fragte er.

Die Antwort blieb dem Kanzler im Hals stecken, als er fühlte, dass der Blick des Kaisers auf ihm ruhte. Es gelang ihm nicht, seine große Sorge vor ihm zu verbergen. „Die Rouran, Eure Majestät“, brachte er schließlich hervor, doch seine Worte waren kaum mehr als ein Flüstern.

Für den Kaiser waren sie laut genug.

„Wer ist ihr Anführer?“

„Er nennt sich selbst Böri Khan“, antwortete der Kanzler.

„Ich habe Böri Khan getötet“, beharrte der Kaiser, in dessen Stimme sich nun die Sorge eingeschlichen hatte.

„Es ist sein Sohn, Majestät.“

Der Kaiser schüttelte ungläubig den Kopf. Das konnte einfach nicht sein. Er hatte jahrelang daran gearbeitet, ein Wiedererstarken der Truppen von Rouran für immer zu verhindern. Ein Dutzend Mal hatte er beinahe sein Leben gelassen, und nun waren sie zurück? Wieder schüttelte er den Kopf und bemühte sich, sich zu beruhigen. „Aber wir haben sie zerstört!“, rief er so laut, dass es von den Wänden des Thronsaales hallte. „Darum frage ich euch: Wie ist das möglich?“

Noch bevor der Kanzler eine Antwort geben konnte, erhob sich eine zögerliche Stimme. Als er überrascht den Kopf wandte, sah er, dass der überlebende Wachsoldat sich erhoben hatte. „Ihr dürft sprechen“, sagte der Kanzler.

„Böri Khan kämpft an der Seite einer Hexe“, berichtete der Wachmann, „es ist ihre Fähigkeit, die die Rouran zum Sieg führt.“

„Woher willst du das wissen“, fragte der Kaiser ruhig, während er nach vorn trat und alle Wachen und Schreiber emsig hinter ihm hereilten. Je weiter der Kaiser nach vorn in den Saal trat, desto größer schien er zu werden.

„Ich kann nur berichten, was ich mit eigenen Augen gesehen habe“, antwortete der Wachsoldat. „Die Hexe ist sehr mächtig.“

Lange Zeit stand der Kaiser wortlos ohne eine Regung da, doch der Kanzler wusste, dass er einen Plan schmiedete. Es war nicht zu bestreiten: Die Rouran waren zurückgekehrt und hatten einen neuen Anführer. Einen Mann, der, wie einst sein Vater, kein geringeres Ziel hatte, als das Kaiserreich zu zerstören. Und diesmal hatten sie auch noch die Unterstützung einer mächtigen Hexe. Der Kanzler wusste, was das zu bedeuten hatte: Es bedeutete Chaos. Es bedeutete Krieg. Das Ende eines Friedens, für den der Kaiser so lange Zeit hart gearbeitet hatte.

Als hätte er die Gedanken seines Kanzlers – und Freundes – gelesen, hob der Kaiser den Kopf. „Wir fürchten uns nicht vor dunkler Magie“, sagte er. „Wir werden die Armee der Rouran zerstören, mitsamt ihrer Hexe." Je länger er sprach, desto lauter und bestimmter wurde des Kaisers Stimme. „So lautet mein Dekret: Es soll eine mächtige Armee aufgestellt werden. Jede Familie entsendet einen Mann. *So* werden wir unser geliebtes Volk beschützen und diese Mörder zerquetschen!"

Sobald er seine Weisung ausgesprochen hatte, kritzelten die Schreiber die Worte eifrig nieder. Danach war es ihre Aufgabe, das Dekret allen Bürgern des Landes zu verkünden. Keine Familie im Reich würde sich der Entscheidung widersetzen können – und der Kaiser würde seine Armee bekommen.

Während der kaiserliche Hof aufgrund des neuen Dekretes ringsum in Hektik verfiel, bewegte sich der Wachsoldat, der beim Angriff der Rouran nur knapp mit dem Leben davongekommen war, auf den Ausgang zu. Ein letztes Mal nickte er dem Kanzler zu, der mit mehreren Schreibern in ein Gespräch verwickelt war und ihn daher kaum beachtete, durchquerte den langen Thronsaal und trat hinaus in die Vorhalle. Mit jedem weiteren Schritt begradigten sich seine Schultern und hob sich sein Kopf, den er in Gegenwart des Kaisers stets gesenkt gehalten hatte. Nach und nach beschleunigte sich sein Gang. Als er schließlich den Ausgang des Palastes erreicht hatte und auf die betriebsamen Straßen der Stadt hinaustrat, hielt er sich völlig aufrecht und seine Verletzungen waren restlos verschwunden.

Menschen verschiedenster Nationalitäten gingen an ihm vorüber, der ein oder andere musterte nickend seine Uniform während ein paar Frauen ihm sogar zulächelten. Doch er schenkte alldem keine Beachtung. Als er um die Ecke in eine kleine Gasse gebogen war, verlangsamte er den Schritt. Er führte eine Hand ans Ohr, entfernte die Nadel, die dahinter versteckt gewesen war, und warf sie zu Boden. Während er seinen Weg fortsetzte, warf er immer mehr Nadeln fort. Bald lagen überall solche Nadeln auf dem Boden, und gleich daneben der bewusstlose Körper des Wachsoldaten. Die Hexe, die froh war, wieder in ihrem eigenen Körper zu stecken, schaute auf den Soldaten hinab, der ungewollt zu ihrem Werkzeug geworden war, und streckte sich. Dann rannte sie los.

Immer schneller und schneller setzte sie einen Fuß vor den anderen, und dann sprang sie mit einem Mal schreiend in die Luft. Im Flug verwandelte sich ihr Körper abermals, diesmal in einen riesigen, anmutigen Greifvogel. Als sie ihre Schwingen hoch über die Stadt trugen, stieß Xianniang ein triumphierendes Kreischen aus. Böri Khan würde höchst zufrieden sein. Sie hatte die Angst in den Augen des Kaisers aufblitzen sehen, als der Name des Kriegers genannt wurde. Die Aufstellung einer Volksarmee war genau das, was Böri Khan sich erhofft hatte. Die stärksten Männer würden ihre Dörfer verlassen, so würde es ihnen umso leichter gelingen, eines nach dem anderen zu erobern.

FÜNF

Mulan war elend zumute. Sie saß auf einem unbequemen Hocker und versuchte, sich nicht zu bewegen, während ihre Mutter ihr langes schwarzes Haar bündelte und an einzelnen Strähnen riss, um sie unter Kontrolle zu bekommen. Mulan heulte leise auf, als ein paar letzte Ausreißer ihren Widerstand aufgaben und schmerzvoll gebändigt wurden.

Sie hatte durchaus damit gerechnet, dass das Treffen mit der Heiratsvermittlerin eine emotional aufwühlende Angelegenheit werden würde, doch die körperlichen Qualen hatte sie dabei nicht mit einkalkuliert. Natürlich konnte sie bei dem Termin nicht einfach so in ihren alten Sachen auftauchen, wo dachte sie hin! „Ein Mädchen muss sich der Heiratsvermittlerin nicht minder perfekt vorstellen wie dem Werber selbst. Wir *alle* müssen perfekt sein“, erklärte ihre Mutter. Und dann – als wüsste Mulan das nicht schon längst – fügte sie noch hinzu: „Das Wohl unserer Familie liegt in deinen Händen, Mulan.“

Was auch der Grund war, warum Mulan nun hier saß und sich zum Abbild einer Porzellanpuppe zurechtmachen ließ. Sobald Li mit den Haarknoten zufrieden war, die sich auf Mulans Kopf türmten, wandte sie ihre Aufmerksamkeit dem Gesicht ihrer Tochter zu. Auf einem Tisch standen Schüsseln bereit, die jeweils mit irgendwelchen Pudern oder Flüssigkeiten gefüllt waren. Li steckte einen etwas dickeren Pinsel in die erste Schüssel und rührte die darin enthaltene weiße Paste um. Dann strich sie sie in ruhigen, gleichmäßigen Bewegungen über Mulans Gesicht. Als das Gesicht des Mädchens völlig bedeckt war, ging Li zur nächsten Schüssel weiter. Das gelbe Pulver wurde sanft auf Mulans Stirn geblasen, wodurch wieder etwas Farbe in ihr Gesicht zurückkehrte und Mulan sich fragte, wozu man es dann überhaupt weiß angemalt hatte. Doch bevor sie noch danach fragen konnte, stellte Li den gelben Puder ab und griff sich die blaue Tinte. Damit malte sie über Mulans Augen lange, schmale „Augenbrauen“, die am Ende nach oben geschwungen waren, sodass es aussah, als lächelte sie, obwohl ihr Mund schnurgerade war. Schließlich trug sie noch Rouge auf und malte die Lippen rot an.

Als das Gesicht fertig war, musste Mulan sich von dem Hocker erheben und ruhig stehen bleiben, während ihre Mutter sie ankleidete. Mulan sagte kein Wort, obwohl ihr immer mehr zum Schreien zumute war. Ihre Mutter hatte ihr nicht mehr beim Anziehen geholfen, seit sie ein kleines Mädchen war. Bisher war sie auch noch nie gezwungen worden, Gesichtsbemalung zu tragen. Außerdem schmerzte sie der Kopf wegen der vielen Nadeln, die in ihr Haar geschoben worden waren, um die Knoten in Position zu halten. Sie kam sich vor wie eine der Puppen, mit denen ihre Schwester so gern gespielt hatte, als sie noch ein kleines Mädchen war.

Mulans Blick wanderte zum Fenster hinaus, wo sie Black Wind auf der Weide grasen sah. Wie gern hätte sie sich dem Griff ihrer Mutter entzogen und wäre hinausgestürmt, auf den Rücken des Pferdes gesprungen und davongeritten. Aber sie wusste, dass das nicht ging. Sie hatte ein

Versprechen gegeben, und sie würde ihre Familie jetzt nicht enttäuschen – nicht schon wieder.

„Sieh!“

Mulan zuckte zusammen, als die Stimme ihrer Mutter sie wieder auf den Boden der Tatsachen zurückholte. In dem Spiegel, den ihre Mutter ihr vorhielt, sah sie sich und erschrak. Das Gesicht, das ihr starr entgegenblickte, war das einer Fremden. Ihr Körper, der in ein fliederfarbenes Kleid gehüllt war, sah plötzlich völlig anders aus: Dort, wo sonst immer nur weite Gewänder gewesen waren, war nun eine weibliche Figur. Dann hob Mulan vorsichtig die Hand und ertastete den Kamm mit der Lotusblüte, eines der liebsten Besitztümer ihrer Mutter, den sie ihr nun ins Haar gesteckt hatte. Auf diese Weise erinnerte Li Mulan daran, wie wichtig der heutige Tag für alle war.

Bevor Mulan das Haus verließ, atmete sie einmal tief durch. Dann trat sie hinaus in den Innenhof. Ihr Vater stand dort schon bereit, auch er in Festtagskleidung. Beim Anblick seiner ältesten Tochter lächelte er, dennoch meinte Mulan, einen Funken Traurigkeit in seinem Blick erkannt zu haben.

Sobald Li und Xiu, die sich ebenfalls fein gemacht hatten, aber bei Weitem nicht so elegant aussahen wie Mulan, sich zu ihnen gesellt hatten, begann die Familie ihren Gang durch das Dorf. Mulan fühlte die Blicke der Menschen, die sie schon ihr ganzes Leben lang kannte, auf sich ruhen und hörte, wie man im Vorübergehen voll Erstaunen über sie tuschelte. Denn obwohl Mulan das Gefühl hatte, dass sie niemand erkennen könnte, wussten die Dorfbewohner offenbar genau, wer sie war.

Zhou, der spürte, wie unwohl sich seine Tochter fühlte, lächelte ihr aufmunternd zu. Er blieb stehen und betrachtete seine Familie. „Ich bin wahrhaft gesegnet, die Gesellschaft von drei so bezaubernden Frauen genießen zu dürfen", sagte er. „Ich habe keinen Zweifel daran, dass heute ein großer Tag für die Familie Hua …"

„Ja, ja, schon gut jetzt", schnitt ihm seine Frau das Wort ab. „Wir müssen pünktlich sein." Um ihren Worten Nachdruck zu verleihen, ging sie noch ein wenig schneller.

Mulan hatte Schwierigkeiten, Schritt zu halten. Immerhin war das Kleid, das sie trug, dafür gemacht, darin hübsch auszusehen, und nicht, um schnell zu gehen. Zudem steckten ihre Füße in engen, unbequemen Schuhen, über die sie beinahe vornübergefallen wäre, wenn ihre Schwester nicht die Hand ausgestreckt hätte, um sie aufzufangen. Dann war aus Mulans Bauch plötzlich ein kräftiges Knurren zu hören.

„Ich sterbe vor Hunger“, bestätigte Mulan das an sich eindeutige Geräusch.

Li verdrehte verständnislos die Augen. „Das habe ich dir doch schon gesagt, du kannst jetzt nichts essen. Es würde dir das Make-up ruinieren.“

„Der wildeste Schneesturm könnte diesem Make-up nichts anhaben“, murmelte Mulan zu sich. Als sie sich zu ihrer Schwester umsah, bemerkte sie, dass die Nervosität ihrer Mutter auf diese übergegriffen hatte und sie aufgeregt die Hände rang. „Hey, Xiu“, rief sie, in dem Versuch, die Stimmung etwas aufzuhellen, „was mache ich für ein Gesicht?“

Xiu sah sie an und suchte auf Mulans Gesicht nach einer Spur von Gefühlsregungen. „Ich habe keine Ahnung“, gab sie zu.

„Genau das habe ich gemeint ...“, antwortete Mulan. „Jetzt mache ich ein trauriges Gesicht.“ Der Ausdruck auf dem bemalten Gesicht änderte sich kein bisschen. „Und jetzt bin ich neugierig.“ Immer noch keine Veränderung. „Und jetzt verwirrt.“ Wieder blieb alles gleich.

Irgendwann musste Xiu lächeln. Mulan lächelte zurück,

obwohl es ihre Schwester natürlich nicht sehen konnte. Mulan gefiel es gar nicht, dass sie der Grund für all die Aufregung war. Wenn nun Xiu auf dem Weg zur Heiratsvermittlerin gewesen wäre, würde ihre Mutter wohl fröhlich vor sich hin hüpfen. Immerhin gab Xiu ihrer Mutter und der ganzen Familie keinen Anlass zur Sorge. Mulan gab ihrer Familie *ausschließlich* Anlass zur Sorge.

Zum Glück hatte Mulan nicht viel Zeit, über ihre Unzulänglichkeiten nachzudenken, denn sie waren am Haus der Heiratsvermittlerin angelangt. Zhou würde nun draußen warten, während die Frauen sich der Haustür näherten.

Wie es einer Frau von hohem gesellschaftlichem Stand geziemte, besaß die Heiratsvermittlerin ein allein stehendes Haus. Die Wände waren frisch gestrichen worden und neben der Tür sprossen frische Blumen und Kräuter. Die Heiratsvermittlerin war eine der angesehensten Persönlichkeiten in dem kleinen Dorf. Ihren guten Verbindungen war es zu verdanken, dass sie immer wieder junge Männer und Frauen zusammenführte und dem Dorf zu Wohlstand verhalf. Die Familien verwendeten viel Zeit dafür, ihr Wohlwollen zu gewinnen, denn damit war auch eine gute Partie garantiert.

Doch trotz der ganzen Aufmerksamkeit und der vielen Privilegien, die die Heiratsvermittlerin aufgrund ihrer Position genoss, war sie eine fiese, niederträchtige Person. Wenn sie einmal ihr Haus verließ – was nicht sehr oft vorkam – hatte sie stets einen griesgrämigen, vorurteilsbehafteten Blick. Mehr als einmal hatte Mulan die Straßenseite gewechselt, um dem strengen Blick der dicken Frau zu entgehen. Und sogar Xiu hatte, als sie noch kleiner war und es nicht besser wusste, einmal bemerkt, es sei unfair, dass eine so hässliche Frau allein in einem so schönen Haus wohnte.

Doch es zählte nicht, dass die Frau gemein war und finster dreinschaute. Denn sie war es, die Mulans Zukunft in Händen hielt.

Nachdem sie Mulan der Mutter des zukünftigen Bräutigams, Fong Lin, vorgestellt hatte, deutete sie allen, sich zu setzen. Sofort tat jede, wie ihr geheißen. Schweigen erfüllte den Raum für eine gefühlte Ewigkeit. Mulan wünschte, sie hätte ein Tuch oder irgendetwas anderes, an dem sie sich ihre verschwitzten Hände trocknen könnte. Sie wusste, was als Nächstes von ihr erwartet wurde: Tee einzuschenken. Sie sollte beweisen, dass sie Fong Lins Sohn würdig war. Das klang im Grunde einfach, theoretisch … wenn Mulans Hände doch nur nicht so zittern würden.

Beruhige dich, ermahnte sie sich selbst. *Denk immer daran, was Xiu dir geraten hat: Stell dir vor, du tust etwas, was du magst. Gieße einfach den Tee in die Tassen. Mehr musst du nicht tun.*

Bedächtig streckte Mulan die Hand aus und griff nach der filigranen Teekanne. Als sie damit begonnen hatte, die dampfende Flüssigkeit in die ebenso filigranen Tassen zu gießen und dabei nichts verschüttete, konnte sie die Erleichterung ihrer Mutter beinahe hören.

Die Heiratsvermittlerin, die offenbar ebenso zufrieden war, ergriff schließlich das Wort. „Schweigsam, beherrscht, anmutig“, zählte sie auf. „Diese Eigenschaften sehen wir in einer guten Ehefrau.“ Sie hielt inne und wandte den Blick nun Fong Lin zu. Die Frau, deren stille, beurteilende Blicke Mulan durchbohrt hatten wie Dolche, zuckte mit keiner Wimper, achtete aber auf jedes noch so kleine Detail. „Diese Eigenschaften sehen wir in Mulan.“

Ruhig, sagte Mulan sich erneut in Gedanken vor. *Bleib ruhig, auch wenn diese Frau furchtbar zu sein scheint und wahrscheinlich einen ebenso furchtbaren Sohn hat, der dich jedes Mal mit diesem Blick ansehen wird, wenn du wieder einmal etwas tust, was man nicht soll. Denn du bist nun einmal, sehen wir den Tatsachen doch ins Auge, weder schweigsam noch beherrscht oder anmutig.* Doch Mulan wischte ihre Gedanken fort, setzte die Teekanne ab und ging nun zum Zucker über. Alle Augen waren auf sie gerichtet, während sie sich von Tasse zu Tasse rund um den Tisch bewegte.

„Eine Frau, die ihrem Mann dient", fuhr die Vermittlerin fort, „muss schweigsam sein. Sie muss unsichtbar sein." Dann schwieg sie wieder und richtete den Blick auf Mulan. Sie suchte nach dem kleinsten Zittern, dem Hauch eines Atemzugs.

Doch Mulan war schweigsam.

Als sie den letzten Würfel Zucker in der letzten Tasse versenkt hatte, kehrte Mulan an ihren Platz zurück. Sie hatte es geschafft. Nicht ein einziger Tropfen war verschüttet worden. Kein Chaos angerichtet. Trotzdem gestattete sie sich nicht, erleichtert aufzuatmen. Noch nicht.

„Die Familie Fong möchte der Familie Hua mit diesem erlesenen Teeservice ihre Ehre erweisen", sprach die Heiratsvermittlerin weiter, mit einem Schimmer der Anerkennung im Blick. „Es ist ein Geschenk der kaiserlichen Familie."

Mulan, Li und Xiu senkten in Dankbarkeit die Häupter. Zwar entsprach es der Tradition, dass die Heiratsvermittlerin keine Information über die beteiligten Familien preisgab, doch es gab immer Mittel und Wege, etwas durchblicken zu lassen. In diesem Fall war Mulan klar, als sie die herrliche Teekanne ansah, dass Fong Lins Familie Geld hatte, zumindest mehr als ihre eigene. Die Teekanne der Huas hatte ein verblasstes Muster und die Tassen passten nicht dazu. Nun war der Druck, perfekt zu sein, sogar noch größer geworden, denn Mulans Familie würde von der Heirat mit einem erfolgreichen Mann profitieren. Jetzt *musste* einfach alles glattgehen.

Mulan begann bereits zu glauben, dass sie unbeschadet durch das Treffen kommen könnte, als sie zu Xiu hinübersah. Die Augen ihrer kleinen Schwester waren vor Angst weit aufgerissen. Mulan folgte ihrem Blick und entdeckte eine große Spinne, die sich langsam von der Decke abseilte und sich dem Tisch näherte … geradewegs auf Xiu zu. Sie landete mit ihren langen, haarigen Wackelbeinen auf dem Tisch.

Mulan spürte, wie ihr unter der Maske aus Make-up alle Farbe aus dem Gesicht wich. Wenn die Spinne auch nur einen weiteren Schritt auf Xiu zumachte, würde sie ohne Zweifel losbrüllen und die Heiratsvermittlerin wütend machen. Daher streckte Mulan, die nun dankbar war für die

Tarnung, die ihr die Maskerade bot, beiläufig die Hand aus und stellte die Teekanne auf die Spinne. Dann legte sie die Hand wieder artig in den Schoß und warf ihrer Schwester einen schnellen Blick zu.

Leider blieb dieser Blick nicht unbemerkt. Die Heiratsvermittlerin kniff die Augen zusammen. „Ist irgendetwas nicht in Ordnung?“, fragte sie.

„Nein, Madame“, antwortete Mulan mit so beherrschter Stimme wie möglich. „Vielen Dank.“

In wortlosem Ärger verzerrten sich die Lippen der Frau zu einem schmalen Strich. „Idealerweise“, fauchte sie herablassend, „bleibt die Teekanne in der Mitte des Tisches.“

„Natürlich“, stimmte Mulan ihr zu. „Ich verstehe. Doch glaube ich dennoch, dass sie bleiben sollte, wo sie ist.“

Augenblicklich gefror die Stimmung im Raum. Auf Lis Stirn bildete sich ein leichter Schweißfilm und Xiu, deren Gesicht so weiß geworden war wie Mulans Maske, hielt den Atem an. Fong Lin blickte perplex zwischen der Heiratsvermittlerin und Mulan hin und her.

„Stelle die Teekanne in die Mitte, Mädchen.“ Jedes ihrer Worte war wie Nadelstiche.

Mulans Blick wanderte verunsichert von der Kanne zu ihrer Schwester und wieder zurück. Wenn sie die Kanne hochhob, würde die Spinne herauskriechen. Doch wenn sie es nicht tat, würde die Sache ebenfalls nicht gut enden. Sie dachte an ihren Vater, der draußen stand und darauf wartete, dass sie ihr Versprechen einlöste. Mulan seufzte. Sie musste tun, was die Heiratsvermittlerin von ihr verlangte.

Vorsichtig hob sie die Teekanne hoch.

Die Spinne, die nun aus ihrem vorübergehenden Gefängnis freikam, sprang ohne Umschweife in den Schoß von Fong Lin.

Mit einem ohrenbetäubenden Kreischen sprang Fong Lin auf die Füße und schleuderte die Spinne von sich. Einen Herzschlag lang war es im Raum wieder still, denn alle Frauen waren damit beschäftigt, festzustellen, wo die Spinne gelandet war.

Dann war die Heiratsvermittlerin mit Kreischen an der Reihe, denn als sie an sich heruntersah, bemerkte sie, dass die Spinne eben über ihre Brust kroch. Panisch stolperte sie nach hinten und fuchtelte wild mit den Armen. Dabei verlor sie das Gleichgewicht und stolperte rückwärts in einen Stuhl. Mit ihren wild durch die Luft strampelnden Füßen erwischte sie die Tischplatte und hob den ganzen Tisch hoch. Teekanne und Tassen flogen in die Luft, drehten sich einmal um die eigene Achse und verspritzten heißes Wasser in alle Richtungen.

Reglos stand Mulan da und sah schaudernd zu, wie in dem Zimmer die Katastrophe ihren Lauf nahm. Mit dem Blick folgte sie der Flugbahn des Porzellanservices. Und dann, mit einer blitzschnellen Bewegung, riss sie sich die vier langen Klammern aus dem Haar, die ihre Knoten zusammenhielten. Dann streckte sie eine der Haarnadeln aus und fing damit eine der Tassen aus der Luft. Und gleich noch eine und dann die restlichen.

Bing! Bing! Bing!

Doch die Kanne flog immer noch. Entsetzt stellte Mulan fest, dass sie nur noch wenige Zentimeter vom Boden trennten. Sie dachte nicht lange nach, sondern handelte. Schnell wie der Blitz streckte sie den Fuß aus. Als sie ihr Kleid zerreißen hörte, verzog sie das Gesicht, doch der Griff der Teekanne blieb tatsächlich an ihrem großen Zeh hängen. Dort baumelte die Kanne nun, während die Tassen weiterhin auf den Haarnadeln balancierten.

Einen Augenblick lang war es totenstill im Raum. Mulan fühlte, wie die Blicke der vier anderen Frauen auf ihr hafteten. In ihren Augen las sie Verwunderung, und sie selbst war nicht weniger verwundert. Sie hatte es geschafft. Sie hatte die Katastrophe abgewendet. Die Spinne war fort und das Teeservice unversehrt.

Doch dann passierte es: Mulans langes, dichtes Haar, das bis eben von den Nadeln zusammengehalten worden war, begann sich aus den Knoten zu lösen. Wie ein Wasserfall fiel es nun von Mulans Kopf herunter und bedeckte in dichten Strähnen das Gesicht.

Mit verdeckten Augen verlor sie im Nu das Gleichgewicht. Das Standbein begann zu wackeln, während das hochgestreckte Bein versuchte, die Bewegung auszugleichen. Dann begannen auch die Arme auf, ab, rechts und links zu rudern, bis Mulan mit einem Aufschrei schließlich umfiel.

Klirr!

Nacheinander krachten die Teile des Teegeschirrs auf den Boden und zerbrachen in tausend Stücke.

Noch während sie auf dem Boden lag, hörte Mulan Fong Lins wutentbranntes Kreischen. Außerdem konnte sie den Blick ihrer Mutter spüren, der voller Enttäuschung war. Xiu weinte leise in sich hinein, während sie am Boden herumkroch und versuchte, die größeren Scherben aufzusammeln. Doch bei der kleinsten Berührung brachen die Stücke nur noch weiter auseinander, sodass Fong Lin erneut aufschrie. Im nächsten Augenblick hörte Mulan, wie die Haustür aufgestoßen wurde und dann mit einem lauten Knall ins Schloss fiel, als die Mutter ihres Bewerbers – oder vielmehr Exbewerbers – aus dem Haus der Heiratsvermittlerin stürmte.

Mulan rappelte sich hoch, doch ihren Kopf hielt sie gesenkt. Wie Fong Lin verließ auch sie das Haus der Heiratsvermittlerin, Mutter und Schwester folgten ihr. Keine der drei sagte ein Wort. Schweigend bewegten sie sich zur Tür hinaus, stiegen die Eingangstreppe hinunter in den Innenhof, wo Zhou auf sie wartete.

Doch die Heiratsvermittlerin war alles andere als schweigsam. Sie stürmte hinter ihnen her und zeigte mit dem Finger auf Mulan: „Entehrt sei die Familie Hua!", kreischte sie in solcher Lautstärke, dass es von den Wänden der Nachbarhäuser hallte und man es im ganzen Dorf hören konnte. „Sie haben ihr Kind nicht zu einer guten Tochter erzogen!"

Da sie nicht wagte, ihren Vater anzusehen und sich der Enttäuschung zu stellen, die er unweigerlich empfinden musste, ging Mulan mit hängenden Schultern über den Hof und trat den Nachhauseweg an. Es würde wohl der längste Gang ihres Lebens werden, begleitet von lauter trüben Gedanken und den bösen Blicken ihrer Mutter. In diesem Moment wünschte Mulan sich nichts sehnlicher, als dass irgendetwas geschehen würde, um die Aufmerksamkeit von sich abzulenken.

Und tatsächlich: In diesem Moment tönte das Geräusch von Trommelschlägen durch das Dorf.

Sofort erstarrte Mulan, ihre Familie und das gesamte Dorf hielten inne. Alle Augen richteten sich auf die schmale Straße, die in ihren kleinen Ort führte. Normalerweise war sie immer leer und kein Staubkörnchen rührte sich. Doch nun sahen sie, wie Türme aus Staub aufgewirbelt wurden. Bei den Verursachern handelte es sich offenbar um eine kleine Truppe Reiter.

Einige der kleineren Kinder rannten ihnen entgegen. „Soldaten!“, riefen sie, als sie wieder zurückgelaufen kamen.

Mulan bekam Herzklopfen, und ringsum begannen die Dorfbewohner miteinander zu tuscheln. Es waren viele Jahre vergangen, seit zum letzten Mal Soldaten bei ihnen aufgetaucht waren. Damals hatte man ihren Vater mitgenommen, damit er für den Kaiser in die Schlacht zog. Was konnten sie diesmal von ihnen wollen?

Im nächsten Augenblick stand die Trommel still und der

Staub legte sich. Vor ihnen standen nun ein kaiserlicher Beamter und sechs Soldaten. Aus dem Sattel ihrer Pferde sahen sie auf die Dorfbewohner hinab, ihre Gesichter waren hinter Masken verborgen. Auf ein Zeichen des Beamten saßen einige Soldaten ab und begannen, eine Bekanntmachung an die Türen mehrerer Häuser anzuschlagen.

„Höret, ihr Bürger“, erhob der Beamte die Stimme, als wäre nicht ohnehin schon die Aufmerksamkeit aller auf ihn gerichtet. „Wir werden von Invasoren aus dem Norden angegriffen. Unser Land befindet sich im Krieg! Auf Befehl Seiner Kaiserlichen Majestät, dem Sohn des Himmels, hat jede Familie einen Mann in den Kampf zu entsenden. Ein Mann aus jedem Haus!“ Dann zog er eine Pergamentrolle hervor, öffnete sie und begann aus einer langen Liste von Namen vorzulesen: „Familie Wang! Familie Chin …“

Während der Beamte fortfuhr, die Namen der Familien vorzulesen, die in ihrem Tulou wohnten, bemerkte Mulan, dass ihr Vater in der Menschenmenge verschwunden war. Sie stellte sich auf die Zehenspitzen, um zu sehen, wohin er gegangen war, doch in dem Chaos, das unter den Dorfbewohnern ausgebrochen war, konnte sie ihn nicht finden. Männer drängten sich durch die Menge nach vorn, um die Formulare abzuholen, die sie für die Einschreibung in die

Armee brauchten. Weiter hinten begannen alte wie junge Frauen zu weinen, einige vor Freude, dass ein Mann ihrer Familie nun ein Kriegsheld werden würde, und andere, weil sie die Gräuel des Krieges kannten.

„Familie Du! Familie Hua!"

Mulan stockte der Atem, als sie hörte, wie ihr Familienname aufgerufen wurde. Sie sah sich nach ihrem Vater um und entdeckte ihn, als er sich eben einen Weg durch die Menge nach vorn bahnte. Er ging hoch erhobenen Hauptes und ohne Gehstock, da wusste Mulan, was er vorhatte.

Als er sich dem Beamten und zwei Soldaten näherte, die im Sattel sitzen geblieben waren, verneigte er sich. „Ich bin Hua Zhou", sagte er, als er sich wieder erhoben hatte. „Ich habe der Kaiserlichen Armee bereits im letzten Krieg gegen die Invasoren aus dem Norden gedient."

Der Beamte blickte auf Zhou herab. „Hast du keinen Sohn im kampfesfähigen Alter?"

„Der Himmel hat mich mit zwei Töchtern gesegnet", antwortete Mulans Vater. „*Ich* werde kämpfen."

Mulan beobachtete, wie der Beamte ihren Vater mit seinem ergrauenden Haar und den Falten im Gesicht musterte. Schließlich nickte er dem Soldaten neben sich zu. Dieser zog einen Satz Papiere aus einer Tasche, mit denen Zhou sich für den Kriegsdienst registrieren sollte, und hielt sie Zhou hin.

Was dann kam, passierte wie in Zeitlupe: Ihr Vater streckte die Hand nach den Papieren aus. Seine Finger berührten bereits das Pergament und wollten sich schon darum schließen, da gab Zhous Bein nach. Er stieß einen unterdrückten Schrei aus, als er zu Boden stürzte. Als er vor den Hufen des kaiserlichen Pferdes zu liegen kam, schloss er gepeinigt die Augen. Sein Mantel war aufgeklappt und gab den Blick auf seinen Beinverband frei, der sich durch den Sturz gelöst hatte.

Beim Anblick ihres Vaters brach Mulan das Herz. Er war zutiefst gedemütigt. Selbst die Soldaten schienen sich für ihn zu schämen, traten einen Schritt zurück und wandten den Blick ab. Als Mulan den Gehstock ihres Vaters an der Stelle entdeckte, wo er ihn abgelegt haben musste, machte sie Anstalten, ihn zu holen. Doch ihre Mutter fasste sie an der Schulter und hielt sie davon ab.

„Tu das nicht“, flüsterte sie. „Das würde ihn nur noch mehr beschämen.“

Als der Beamte mit dem Verlesen der Familiennamen aus dem Tulou fortfuhr, saß ein jüngerer Soldat ab und bot Zhou seine Hand an. Doch Zhou lehnte ab. Stattdessen umfasste er verkrampft seine Schriftrolle und richtete sich unter Schmerzen auf. Dann humpelte er mit hoch erhobenem Haupt davon.

Mulan sah ihm hinterher. Ihr Vater war ein guter Mann, doch er war stolz. Und dieser Stolz war es, der ihn das Leben kosten würde, wenn er jetzt in den Krieg zog.

SECHS

Die Vorahnung eines drohenden Unheils erfüllte das Haus der Familie Hua. Alle hatten die Ereignisse des Nachmittags für den Rest des Tages erfolgreich verdrängt, doch nun, als man sich zum Abendessen um den Tisch gesetzt hatte, war die Stimmung angespannt.

Mulan hatte keinen Appetit. Wie könnte sie etwas essen, wenn allein der Gedanke daran, dass ihr Vater gegen die Invasoren aus dem Norden kämpfen musste, ihr den Hals zuschnürte. Xiu, die neben ihr saß, schob sich lustlos einen

Bissen in den Mund, stellte dann aber ebenfalls ihr Essen beiseite.

Mulans Mutter, die ihr gegenübersaß, hatte sich nicht einmal die Mühe gemacht, sich einen Teller zu holen. Sie saß nur da und starrte auf Zhou. Dieser hingegen bemerkte von den Blicken seiner Frau und seiner Töchter nichts – vielleicht tat er auch nur so – und aß mit großem Appetit.

„Du *bist* doch schon ein Kriegsheld“, brach Xiu mit leisen Worten die Stille. „Du hast bereits so viele Opfer gebracht …“

Zhou ließ sie nicht aussprechen. „Willst du damit etwa andeuten, unsere Familie sollte sich der kaiserlichen Verordnung widersetzen?“

Da platzte es aus Mulan heraus, bevor sie ihre Worte zügeln konnte: „Aber wie kannst du kämpfen, wenn du kaum …“

Zhou donnerte mit der Faust auf den Tisch und unterbrach Mulan mitten im Satz. Zorn stand ihm ins Gesicht geschrieben. Entsetzt starrten ihn die Frauen an. Zhou war immer stolz auf seine ruhige, beherrschte Art gewesen. Dieser Ausbruch sah ihm gar nicht ähnlich, und das machte ihnen Angst.

„Ich bin der Vater in dieser Familie“, brüllte er, dass

seine Stimme in dem kleinen Raum widerhallte. „Meine Aufgabe ist es, unserer Familie auf dem Schlachtfeld Ehre zu bereiten. Du bist eine Tochter!“ Sein Blick bohrte sich in Mulan. „Du musst endlich lernen, wo dein Platz ist!“ Dann stemmte er sich hoch und humpelte aus dem Zimmer.

Mulan saß mit gesenktem Kopf da. Die Worte ihres Vaters schmerzten sie. Ihr Vater hatte bisher immer auf ihrer Seite gestanden. Sie hatte immer geglaubt, dass er wüsste, dass sie mehr vom Leben wollte und mehr sein könnte als nur eine Tochter.

Doch sie hatte sich geirrt.

Und was noch schlimmer war: Sein dickköpfiger Stolz würde ihn in Lebensgefahr bringen.

Als hätte sie ihre Gedanken gelesen, erhob sich Li und ging um den Tisch herum zu ihren Töchtern. Sie ergriff zuerst Mulans und dann Xius Hand. „Wir müssen jetzt stark sein“, sagte sie. Ihre Augen füllten sich mit Tränen und ihre Hände begannen zu zittern. Nicht einmal ihr selbst gelang es, stark zu sein. „Diesmal wird er nicht zurückkehren“, schluchzte sie und ließ ihren Tränen freien Lauf. Überwältigt von ihrer Trauer sank sie zu Boden. „Wie sollen wir nur ohne ihn überleben?“

Mulan blickte von ihrer verzweifelten Mutter zu ihrer

Schwester. Beide weinten ganz offen. Ihre Mutter hatte recht. Wenn ihr Vater in den Kampf zog, würde er sterben. Er würde sie mit nichts zurücklassen. Und nachdem Mulan soeben ihre einzige Chance auf eine gute Partie verspielt hatte, gab es keine Hoffnung mehr auf einen Ehemann, der ihrer Familie helfen konnte.

Die Wahrheit lag also völlig klar vor ihnen. Wenn Zhou in den Krieg zog, würde keiner von ihnen überleben.

Im Haus war es still geworden. Das Schluchzen ihrer Mutter hatte irgendwann aufgehört, und ihre Schwester war noch mit den getrockneten Tränen auf den Wangen in einen unruhigen Schlaf gefallen. Mulan schlich auf Zehenspitzen zu dem großen Wandschrank, der im Wohnzimmer in der Ecke stand. Das reich verzierte Möbel war das einzige Stück im Haus, das von Wert war. Als kleines Kind war es Mulan sogar verboten gewesen, sich dem Schrank zu nähern, und selbst als junge Frau hatte sie stets einen Bogen darum gemacht.

Bis heute.

Mulan holte tief Luft. Die Idee hatte sich eingeschlichen, als sie im Bett gelegen hatte und die Worte ihres Vaters in ihrem Kopf widerhallten. *Du musst endlich lernen, wo dein Platz ist*, hatte er gesagt. Sie wusste, wo ihr Platz aus Sicht ihres Vaters war. Im Haus, wo sie sich um einen Ehemann kümmerte, den sie vermutlich niemals haben würde. Aber was, wenn ihr Platz ein ganz anderer war? Was, wenn sie als Junge geboren wäre? Es wäre ihre Aufgabe gewesen, gegen die Invasoren zu kämpfen. Und genau da kam ihr die Idee. Warum konnte *sie* nicht kämpfen? Alles, was sie dafür brauchte, waren eine Rüstung, eine Waffe und ein Pferd. Das Pferd hatte sie ja schon, fehlten nur noch Rüstung und Schwert.

Langsam öffnete sie die Türflügel des Schrankes. Sie quietschten leise in den Angeln und Mulan hielt sofort still. Doch als keine Kerze entfacht wurde und kein Geräusch aus den Schlafzimmern drang, atmete Mulan auf und machte den Schrank ganz auf.

In seinem Inneren befanden sich die Rüstung und das Schwert ihres Vaters. Beide sahen aus wie neu, denn ihr Vater polierte sie hingebungsvoll mindestens ein Mal die Woche. Mulans Blick blieb auf dem Schwert haften. Im Schein der Laterne, die zu ihren Füßen stand, schien das Metall wie von innen heraus zu leuchten.

Mulan löste das Schwert aus der Verankerung. Das überraschend große Gewicht drückte ihr die Arme hinunter und sie hatte Mühe, das Gleichgewicht zu halten. Ihr Vater hatte an jenen seltenen Tagen, an denen ihm sein Bein nicht zu schaffen machte, das Schwert aus dem Schrank geholt und im Innenhof damit trainiert. Bei ihm hatten die Bewegungen so flüssig ausgesehen, dass Mulan immer überzeugt war, die Waffe wäre leicht wie eine Feder. Doch in ihrer eigenen Hand wirkte sie schwer und ihre Bewegungen waren ungelenk. Als sie versuchte, das Schwert gerade vor sich auszustrecken, fiel ihr Blick auf drei Schriftzeichen, die in die Klinge eingraviert waren. Sie kniff die Augen zusammen und las: Treu. Mutig. Aufrichtig.

Als der Mond hinter einer Wolke hervorkam, füllte sich der Raum mit weißem Licht. In diesem Moment spiegelte sich Mulan im Stahl der Schwertklinge. Wenn sie es leicht drehte, änderten sich ihre Gesichtszüge. Ihre Wangen wurden knochiger, die Augen größer, die Lippen schmaler. Sie sah auf einmal aus wie eine veränderte Version von sich selbst.

Was als Funke einer Idee begonnen hatte, nahm nun konkrete Formen an. Warum konnte sie nicht sie selbst sein – und zugleich jemand anders? Warum konnte nicht sie den Platz ihres Vaters einnehmen? Sie hatte alles, was sie brauchte, hier vor sich. Sie konnte ein Soldat sein. Mit fest entschlossenem Blick streckte sie das Schwert vor sich aus.

Mulan würde die Entscheidungen über ihre Zukunft nicht mehr anderen überlassen. Sie hatte versucht, ihr Versprechen einzuhalten, Ehre über die Familie zu bringen, indem sie sich vor der Heiratsvermittlerin zur Schau stellte. Sie hatte gelernt, zu schweigen und ihre wildesten Impulse zu zügeln. Sie hatte gelernt, wie man Tee einschenkt und zahllose Speisen zubereitet. Doch sosehr sie sich auch bemüht hatte, es war nie genug gewesen. Nun würde sie auf eine andere Weise Ehre für ihre Familie erlangen.

Sie würde eine Kriegerin werden.

Mit dem Heft des Schwertes in der einen und der sperrigen Rüstung unter dem anderen Arm schlich Mulan durch das Wohnzimmer zurück, vorbei an der leicht geöffneten Schlafzimmertür ihrer Eltern. Sie konnte durch den Spalt das Gesicht ihres Vaters sehen, das selbst im Schlaf noch einen sturen Ausdruck hatte. Daneben schlief Li, unruhig und mit sorgenvoll gerunzelter Stirn. Mulan wünschte, sie könnte sie aufwecken und sich von ihnen verabschieden. Sie hätte ihnen gern gesagt, wie viel sie ihr bedeuteten und wie sehr sie sich wünschte, sie stolz zu machen und in

Sicherheit zu wissen. Stattdessen schlich sie die Treppe hinauf.

Als sie einen kleinen Reisebeutel mit den wenigen Dingen gefüllt hatte, die sie brauchte, hielt sie noch einmal in der Tür inne. Sie wusste, dass sie in dem Moment, in dem sie zur Haustür hinausging, riskierte, nie wieder zurückzukehren. Selbst wenn sie den Kriegseinsatz überleben sollte, was nicht unbedingt wahrscheinlich war, wäre ihr Ruf endgültig ruiniert. Denn Mulan wollte sich als Mann ausgeben, um in einem Krieg kämpfen zu dürfen, in dem sie nichts verloren hatte. Sie wusste, dass die Chancen nicht gut standen, doch genauso wenig konnte sie zulassen, dass ihr Vater an ihrer Stelle fortging.

Zhou hatte recht behalten: Sie musste lernen, wo ihr Platz war. Aber eines wusste Mulan: Er war nicht hier.

Zhou erwachte durch lautes Donnergrollen. Er drehte sich im Bett um und sah zum Fenster hinaus in einen Unheil verheißenden grauen Himmel. Er hatte ein flaues Gefühl im Magen und auch sein Bein, das schon an guten Tagen schmerzte, pochte wie verrückt. Irgendetwas war nicht in Ordnung. Er spürte es genau.

Er schlug die Decke zurück, stieg aus dem Bett und schlich leise aus dem Schlafzimmer.

Als er das Wohnzimmer betrat, wurde das ungute Bauchgefühl schlimmer. In der Mitte des Zimmers angelangt, erkannte er bereits, dass die Schranktüren ein wenig offen standen. Mit wachsender Sorge schritt er auf den Schrank zu und öffnete ihn.

Er war leer.

Zhou rang nach Luft. „Mein Schwert und meine Rüstung!“, rief er aufgebracht. „Sie sind weg!“ Als er hinter sich Schritte hörte, drehte er sich nicht einmal um. Es war Li, die von hinten angelaufen kam.

„Aber wer würde so etwas tun?“, fragte sie, während sie ebenfalls in den leeren Schrank starrte.

Xiu, die von dem Tumult aufgewacht war, tauchte in der Tür auf. Halb verschlafen rieb sie sich die Augen. Der leere Schrank fiel ihr gar nicht besonders auf, stattdessen wunderte sie sich darüber, dass etwas – oder vielmehr, jemand – anders fehlte. „Wo ist Mulan?“, fragte sie.

Mulan. Zhou schnappte erschrocken nach Luft. Was wollte Xiu damit sagen? Mulan war in ihrem Bett, wo sie um diese Zeit hingehörte. Doch ein Blick zu Xiu reichte, um zu wissen, dass er sich irrte. Eine Ahnung machte sich in ihm breit. In seiner Erinnerung hallten die Worte wider, die er Mulan in seinem Zorn und der Enttäuschung an den Kopf geworfen hatte. Er hatte Mulan damit verletzt, doch in jenem Moment war er zu sehr mit seinem eigenen Schmerz beschäftigt gewesen, um sich darum zu kümmern. Aber jetzt …

Er wandte den Blick vom Waffenschrank ab und suchte den kleinen Wohnbereich ab. Li, die ihn dabei beobachtete, zog fragend eine Augenbraue hoch. „Mein Einberufungsbefehl“, beantwortete er die ungestellte Frage. Er musste die Schriftrolle einfach finden. Wenn nicht, dann konnte es nur eines bedeuten. Auf der Suche nach dem Papier, das er hier vor wenigen Stunden hingelegt hatte, wischte er Teller und leere Schüsseln beiseite.

Doch die Rolle war nicht mehr da. Stattdessen lag dort Mulans Haarkamm mit der Lotusblüte.

Zhou hob den Kopf und blickte zu Li. Beiden stand das blanke Entsetzen ins Gesicht geschrieben. Sie hatten verstanden, was all das zu bedeuten hatte.

„Du musst sie aufhalten“, flehte Li und fasste sich mit zitternder Hand ans Herz. „Die Invasoren aus dem Norden werden sie töten!“

Zhou ließ den Kopf sinken. Mulan hatte noch niemals

mit einem Schwert gekämpft, außer vielleicht im Spiel, aber auch dann nur mit einem Holzstock und nicht mit einer richtigen Waffe. Sie würde in der allerersten Schlacht fallen. Doch wenn er ihr nachritt und ihre Lüge aufdeckte, wäre ihr Schicksal ebenso besiegelt. Die Soldaten ihrer eigenen Armee würden sie nicht mit dem Leben davonkommen lassen, wenn sie erfuhren, dass sie sie hintergangen hatte. Zhou konnte sie nicht aufhalten.

Zhou ließ seine Frau und seine Tochter weinend im Wohnzimmer zurück und ging hinaus zum Phönixtempel. Seine Gedanken waren voller Trauer. Es war alles seine Schuld. Er hatte Mulan weggestoßen und in den Tod getrieben.

Als er in den kleinen Tempel eintrat, kniete er vor zwei großen Ahnentafeln nieder. Der Glaube besagte, dass sie die Weisheit und spirituelle Kraft all ihrer Vorfahren enthielten, die alle Gebete erhörten und darauf antworteten. Zhou hoffte, dass sie auch sein Gebet hören würden. „Meine Ahnen“, flüsterte er, „ich … ich benötige eure Hilfe. Meine Tochter hat einen fürchterlichen Fehler begangen. Bitte beschützt sie.“

Als er sein Gebet zu Ende gesprochen hatte, ließ er seinen Tränen freien Lauf. Unterdessen zog von hinten das

Gewitter heran. Und irgendwo – allein da draußen – war seine Tochter. *Oh Mulan,* dachte er, *es tut mir so leid. Bitte komm nach Hause!*

Während er mit gesenktem Kopf dort kniete, bemerkte Zhou nicht, wie ein kleiner, hässlicher und unförmiger Vogel hinter der Phönixstatue auftauchte. Einer seiner Flügel hing tiefer als der andere und sein Kopf neigte sich in einem seltsamen Winkel. Der Vogel sah Zhou nur kurz an, dann sprang er vom Sockel der Statue und machte sich auf den Weg hinaus. Als die ersten Regentropfen seine Federn berührten, schüttelte er sich ein wenig, doch dann hob er mit einem resignierten Seufzer ab und flatterte mit den ungleichen Flügeln mehr schlecht als recht in die Luft und hinaus aus dem Tulou.

SIEBEN

Mulan war müde und hungrig. Es war ein langer, anstrengender Ritt gewesen und ihr Körper schmerzte. Sie war an das Gewicht der Rüstung und des Schwertes nicht gewöhnt, und auch nicht an den Helm, durch den man so wenig sehen konnte. Dennoch wusste sie, dass all die Ausrüstung nötig war, wenn sie die anderen glauben machen wollte, sie wäre ein Soldat auf dem Weg zum Kriegseinsatz.

Sie war schon seit Tagen unterwegs. Wenn sie nicht ritt, ging sie ein Stück zu Fuß, um Black Wind eine Pause zu verschaffen. Unterwegs hatte sie alle möglichen Landschaften kennengelernt, die China zu bieten hatte. Sie war durch neblige Wälder gewandert und durch morastige Flussbetten gestapft. Black Wind war über weite Graslandschaften galoppiert und über felsige Klippen balanciert.

Nun ritt Mulan durch einen Bambuswald. Das Sonnenlicht schimmerte durch das grüne Blätterdach und tauchte den Untergrund in sanftes Licht. Es war ein friedlicher Ort, und zum ersten Mal, seit sie von zu Hause fort war, konnte Mulan sich ein wenig entspannen. Sie atmete tief aus und fühlte, wie ihr Rücken sich entkrampfte. Auch Black Wind wieherte froh, dass Mulan den Druck auf seine Flanken nun etwas lockerte.

KEEK!

Ein fürchterliches, kreischendes Geräusch ließ Mulan aufhorchen. Erschrocken riss sie an Black Winds Zügeln. Als sie sich in die Richtung umwandte, aus der das Geräusch gekommen war, erkannte Mulan einen kleinen Vogel, der immer wieder hinter dem Bambus hervorsprang. Als er näher kam, rümpfte sie die Nase. *Vogel* war hier vielleicht zu viel gesagt. Die Kreatur sah aus wie ein großer, halb gerupfter Truthahn mit schief hängenden Flügeln. Das Tier hatte mattes, verblichenes Gefieder, und es schien

Schwierigkeiten zu haben, den Blick scharf zu stellen. Der Vogel war also kurz gesagt überaus hässlich.

Mit neuerlichem Druck auf Black Winds Flanken trieb Mulan ihr Pferd wieder voran. Der Vogel oder was auch immer es war, sah krank aus, da sollte er ihnen lieber nicht zu nahe kommen.

Als Mulan später haltmachte, weil sie für einen Tag genug geritten waren, hatte sie den Vogel beinahe vergessen. Sie entzündete ein kleines Feuer am Fuß einer riesigen Statue des Schlafenden Buddhas, wärmte ihre letzten Krümel Reis auf und aß. Viel zu schnell war das Abendmahl vorüber und so kroch sie mit hungrigem Magen in die große Handfläche des Buddhas und legte sich hin. Sie zitterte unter einer dünnen Decke. Am Himmel sah sie die Sterne funkeln. Mulan seufzte. Wie viele Nächte hatte sie zu Hause von ihrem Bett aus dieselben Sterne beobachtet und sich nach einem Abenteuer gesehnt, nach einer Chance, ihr Dorf zu verlassen?

Doch nun, da sie fort war, war dieses Verlangen erloschen und sie wünschte sich nichts mehr, als wieder nach Hause gehen zu können. Mulan zog die Decke noch enger um sich, flüsterte Black Wind einen Gutenachtgruß zu und schloss die Augen. Bald hatte sie die Erschöpfung übermannt und sie schlief ein. So bemerkte sie nicht mehr, wie der seltsame Vogel es sich am Boden neben ihr bequem machte.

Am nächsten Tag war Mulan mit Black Wind über einen schneebedeckten Bergpass unterwegs. Ihre Zähne klapperten vor Kälte und sie kuschelte sich, so eng es ging, an die Mähne ihres Pferdes. Doch nicht einmal das große Tier konnte ihr Wärme spenden. Als sie auf der Passstraße um eine Kurve bogen, kniff Mulan die Augen zusammen.

Der Vogel war wieder da.

Er zitterte so erbärmlich, dass auch noch die wenigen Federn, die ihm verblieben waren, abfielen. So stand er mit klapperndem Schnabel mitten auf der verschneiten Straße. Fast sah es so aus, als wollte er Mulan den Weg versperren. „Du schon wieder!“, ärgerte sich Mulan und ließ Black Wind anhalten. „Was willst du?“

Der Vogel gab ein trauriges Kreischen von sich.

Da saß Mulan ab und näherte sich ihm. Aus der Nähe war das Geschöpf sogar noch hässlicher. Ein trauriger Anblick. Eine kranke, erbarmungswürdige Kreatur. Doch irgendetwas an dem Tier kam Mulan bekannt vor. Außerdem verriet ihr die gewisse Sturheit in seinem Blick, dass er vermutlich wesentlich stärker war, als sein zerrupfter, knochiger Körper erahnen ließ.

„Bitte“, sagte Mulan, diesmal in einem sanfteren Ton, „geh aus dem Weg.“

Der Vogel rührte sich nicht vom Fleck.

Seufzend hob sie also den Fuß und versuchte, ihn damit anzustupsen. Doch zu ihrer Überraschung wehrte sich der Vogel. Für so ein kränkliches Ding war er erstaunlich kräftig. Mulan drückte fester, doch der Vogel bewegte sich immer noch nicht. Mit einem leisen Aufschrei machte Mulan einen dritten Versuch, ihn beiseitezuschieben, und diesmal gelang es ihr, ihn an den Wegrand zu befördern, nahe an den Abgrund.

Mulan griff sich die Zügel und führte Black Wind an dem Vogel vorbei. Als sie über die Schulter zurückblickte, stand der Vogel immer noch an derselben Stelle und sah ihnen nach. Wieder überkam Mulan bei seinem Anblick eine seltsame Traurigkeit, und sie überlegte schon, ob sie nicht doch zu ihm zurückgehen sollte. Doch dann schüttelte sie den Kopf. Sie konnte nicht noch mehr Gepäck gebrauchen und ganz sicher keinen kranken Vogel, der sie auch noch aufhalten würde.

Mulan dachte, sie könnte keinen Schritt mehr weitergehen. Der letzte Rest Reis war seit dem Vortag aufgebraucht, so waren sie und Black Wind vor Hunger ganz schwach. Sie hatten die Berge hinter sich gelassen, und nun hing Mulan entkräftet im Sattel. Die Zügel hatte sie losgelassen, also suchte sich Black Wind seinen eigenen Weg.

Die Sonne sank eben dem Horizont entgegen, als Mulan in der Ferne eine Stadt erblickte. Erleichtert setzte sie sich ein wenig aufrechter hin, und ihr Magen begann in freudiger Erwartung zu knurren. Black Wind beschleunigte seinen Schritt. Als sie den Stadtrand erreichten, waren sie so froh, dass Black Wind in leichten Galopp verfiel und Mulan ein Lächeln auf den Lippen hatte.

Doch als sie absaß und Black Wind durch die unbekannte Stadt führte, verebbte ihr Lächeln. Jedes einzelne Gesicht war das eines Fremden. Die Blicke, die ihr folgten, waren finster und misstrauisch. Mulan kannte kein Dorf außer ihrem eigenen. Sie hatte noch nie unbekannte Menschen getroffen. Und hier war sie von Fremden umgeben.

Mulan band Black Wind vor der einzigen Taverne des Ortes fest und gab ihm einen Klaps. „Wünsch mir Glück“, flüsterte sie. Das stattliche Pferd wieherte und stupste sie mit dem Kopf an, damit sie endlich hineinging.

Mulan holte tief Luft und betrat das Lokal. Der Raum war dunkel und verraucht, es roch nach gebratenem Fleisch, Bier und ungewaschenen Männern. Mulan hielt den Blick gesenkt und ihr Herz pochte wie verrückt. Vorsichtig sah sie sich um und entdeckte ganz hinten einen freien Tisch. Sie hielt darauf zu und ließ sich in den Stuhl sinken. In diesem Moment wünschte sie, sie könnte sich unsichtbar machen. Aber andererseits würde sie dann auch nichts zu essen bekommen.

Plötzlich stand der stämmige Wirt mit verschränkten Armen am Tisch. Er hatte kalte Augen. „Wir haben Schwein mit Nudeln oder Nudeln mit Schwein", blaffte er sie an.

Mulan nickte, zum Sprechen fand sie keinen Mut. „Is das 'n Ja?", fragte der Wirt gelangweilt nach.

„Ja", sagte Mulan und versuchte dabei, ihre Stimme so tief wie eine Männerstimme klingen zu lassen.

Doch der Wirt bewegte sich nicht vom Fleck. Er blieb stehen und sah auf Mulan herunter, die sich immer tiefer in ihrer Rüstung verkroch. Sie hatte ihm doch gesagt, was sie wollte. Warum stand er noch da? Sie wagte einen weiteren Blick auf den Furcht einflößenden Mann.

„Erst zahlen, dann essen", sagte er und hielt die Hand auf.

Natürlich. Bei einem Wirtshaus voller Reisender wollte er natürlich zuerst das Geld sehen. Da war nur ein klitzekleines Problem. Mulan *hatte* genau genommen gar kein Geld. Also nicht im traditionellen Sinne. Mit immer noch gesenktem Kopf griff sie in ihre Tasche und zog einen kleinen Stoffbeutel heraus. Sie reichte ihn dem Wirt.

„Was soll das sein?", fragte er und sah auf den Beutel, der in seiner Pranke sogar noch mickriger wirkte.

„Tee", erwiderte Mulan leise.

Der Wirt hob eine seiner buschigen Augenbrauen. „Heute ist wohl mein Glückstag", ätzte er. Dann drehte er sich in die Wirtsstube um und rief laut: „Hört euch das an, der Soldat will mit Tee bezahlen!"

Grausames Gelächter brach los.

„Das ist alles, was ich habe", protestierte Mulan, wohl wissend, dass es eine schwache Entschuldigung war.

Der Wirt schüttelte den Kopf. „Nein, du hast auch ein Schwert, zum Beispiel. Und deine Rüstung. Außerdem höre ich, dass du ein hübsches Pferdchen draußen stehen hast. Wenn du alle drei eintauschst, kannst du hier ein Jahr lang speisen wie der Kaiser höchstpersönlich."

Mulan geriet ins Schwitzen. Sie hatte gedacht, sich unauffällig verhalten zu haben, dabei hatten der Wirt und die anderen Gäste sie wohl die ganze Zeit über beobachtet. Sie hatten ihre Waffe und ihr Pferd bemerkt. Mulan hatte schreckliche Angst. Was, wenn sie sie ausrauben wollten?

Der ganze Raum bog sich vor Lachen – auf ihre Kosten. Mulan blickte in die Gesichter dieser Fremden und entdeckte nirgendwo einen Funken Mitgefühl oder Verständnis. Da wurde ihre Angst immer größer. Sie sprang hoch, packte ihre paar Sachen zusammen und stürmte aus der Taverne.

Eilig sprang sie auf Black Winds Rücken und trieb ihn an, so schnell zu laufen, wie er konnte. Sie mussten nur die nächste Stadt erreichen, dort würden sie etwas zu essen bekommen. In Mulans Bauch knurrte es ununterbrochen. Sie konnte nur hoffen, dass die nächste Stadt nicht allzu weit entfernt war.

ACHT

Mulan saß vor einem Lagerfeuer und versuchte, sich die Hände zu wärmen. Es war kein besonders großes Feuer. Sie hatte nicht mehr die Kraft gehabt, die umliegenden Wälder nach mehr als einer Handvoll Zweige abzusuchen. Nun wünschte sie, sie hätte doch etwas mehr Zeit in die Suche nach Feuerholz investiert.

Stöhnend zog sie die Stiefel ihres Vaters aus. Die Lumpen, die sie hineingesteckt hatte, damit die Schuhe besser passten, waren rot gefärbt. Sie hatte überall Blasen an den

Füßen, alte und neue, die bluteten oder schon ganz rau waren. Bei dem Anblick verzog sie das Gesicht, dann streckte sie die Füße dem Feuer entgegen. Sie griff sich ihren kleinen Essensbeutel und sah hinein. Das Letzte, was übrig war, war ein einsamer Apfel. Seufzend reichte sie ihn Black Wind, der ihn gierig verschlang.

„Vielleicht nimmt mich meine Familie wieder bei sich auf, wenn ich um Vergebung bitte ...“, sagte sie, als das Pferd aufgehört hatte zu kauen. Doch dann weiteten sich verwundert ihre Augen.

Der Vogel war wieder da.

Derselbe hässliche, seltsame Vogel, der ihnen nun schon dreimal begegnet war, saß unweit von ihnen auf einem Baumstamm und beobachtete sie. Mulans Magen knurrte. „Ist dieser scheußliche Vogel zu hässlich, um gegessen zu werden?“, fragte sie Black Wind.

Der Vogel antwortete mit einem lauten Krächzen.

Wieder grummelte ihr Magen. Sie griff nach ihrem Schwert. Nur weil er hässlich war, musste er ja nicht schlecht schmecken. Schon stemmte sie sich hoch, da hörte sie hinter sich Schritte. Erschrocken fuhr sie herum, und der Vogel nutzte die Chance, um sich in Sicherheit zu bringen.

„Sei gegrüßt!“

Eine Männerstimme hallte durch die Bäume. Mulan schloss die Finger fester um den Griff des Schwertes, fuhr herum und streckte die Waffe vor sich aus. Zwei Mönche mit langen Bärten und zerschlissenen Kutten blickten sie von der gegenüberliegenden Seite des Feuers an. Ihren verbrauchten Gesichtern sah man an, dass sie nicht mehr die Jüngsten waren. Einer der beiden war ein eher dunkler Typ, während der andere einen hellen Teint hatte. Hinter ihnen stand ein alter Esel.

„Ganz ruhig, mein Freund“, sagte der Mönch mit dem dunklen Haar. „Wir sind nur Mönche auf Reisen durch die Welt, um gute Taten zu vollbringen, Menschen glücklich zu machen und dem Chaos die Stirn zu bieten.“ Der andere Mönch nickte und lächelte ihr zu. Mulan verzog keine Miene. Also deutete der Dunkelhaarige auf den lächelnden Mönch und sagte: „Das ist Bruder Ramtish. Und ich bin Bruder Skatch. Wir bieten dir Nahrung und unsere Freundschaft.“

Nahrung? Das Wort allein ließ Mulan das Wasser im Mund zusammenlaufen. Und spätestens als die beiden Mönche das Essen hervorgeholt hatten, war auch die letzte Angst vergessen. Sie warf ihre Waffe zur Seite, schnappte sich einen Teller mit etwas Reis und setzte sich hin. Trotz des überwältigenden Dranges, alles auf einmal in sich hineinzustopfen, erinnerte sich Mulan an die Worte ihrer Mutter, die sie immer ermahnt hatte, langsam und mit Würde zu essen. *Aber vermutlich war Mutter noch nie nahe am Verhungern gewesen,* dachte Mulan. Dennoch verhielt sie sich so, wie sie es gelernt hatte.

Ramtish musste bei dem Anblick leise lachen. Zu Skatch sagte er: „Ich glaube, er ist der eleganteste Verhungernde, dem ich je begegnet bin …"

Skatch nickte zustimmend. „Ja, er ist ein Gentleman mit erstaunlich guten Manieren." Er streckte die Hand nach seiner Tasche aus. „Bruder Ramtish, ich meine, wir sollten dieses Mahl mit einem Tröpfchen Wein begießen."

Mulan unterdrückte ein amüsiertes Lächeln. Sie hatte das Gefühl, dass die guten Brüder gern mal etwas begossen. Doch bisher hatten sie Mulan als Mann angesprochen, und wenn der Wein ihr half, unerkannt zu bleiben, dann sollte es ihr nur recht sein. Doch dann goss Skatch einen Becher Wein ein und hielt ihn ihr hin.

„Vielen Dank", sagte Mulan kopfschüttelnd, „aber ich trinke nicht."

„Ein Soldat, der nicht trinkt?", wunderte sich Skatch.

„Bruder Ramtish, unser Speisegefährte ist fürwahr etwas wunderlich.“

Mulan hörte auf zu kauen. Beide Mönche hatten sich ihr zugewandt und sahen sie mit forschenden Blicken an. Ihr Herz begann zu rasen.

„Sieht er für dich etwa aus, wie all die anderen Soldaten, die du kennst?“, fragte Skatch.

„Keineswegs“, erwiderte Ramtish.

Mulan schluckte den letzten Rest Reis hinunter, der ihr plötzlich im Magen lag wie ein Stein. Sie räusperte sich und versuchte, die Zweifel der beiden zu zerstreuen. „Na ja“, begann sie mit möglichst tiefer Stimme, „genau genommen bin ich ja noch kein Soldat. Dieses Schwert und diese Rüstung gehören meinem Vater. Doch ich bin ein Rekrut der Kaiserlichen Armee und werde gegen die Invasoren aus dem Norden kämpfen.“

Skatch kniff die Augen zusammen, doch dann nickte er: „Jaja, die Invasoren aus dem Norden …“ Er nahm einen kräftigen Schluck aus seinem Becher. „Böri Khan ist ihr Anführer. Wir haben schon gehört, dass sie zurück sind.“

„Er war schon wütend, bevor sie ihn umgebracht haben“, kicherte er und griff nach seinem Wein. „Stell dir nur vor, wie stinksauer er jetzt ist?“

Wieder brachen die beiden Mönche in Gelächter aus und genehmigten sich etwas Wein. Dann richtete Skatch seine Aufmerksamkeit wieder auf Mulan. „Wie ist also dein Name, zukünftiger Soldat?“, fragte er.

„Ich vertrete die Familie Hua“, antwortete Mulan.

„Und einen Vornamen hast du nicht?“, bohrte Skatch weiter.

Mulan runzelte die Stirn. Der Mönch ließ sie wohl nicht vom Haken, also ging sie alle Jungen aus ihrem Dorf durch und entschied sich für einen Namen. „Mein Vorname ist … Jun“, erklärte sie.

„Nun schön, Hua Jun“, sagte Skatch und dehnte dabei den Namen, „ich will mal ganz ehrlich mit dir sein. So wie ich das sehe, überlebst du in der Armee nicht einen einzigen Tag. Sie werden dich bei lebendigem Leib verspeisen.“ Ramtish nickte zustimmend. „Wenn du ein Soldat werden willst, musst du ein *Mann* sein.“

Mulan blieb die Luft im Hals stecken. Sie hoffte nur, dass ihr Gesicht nicht rot angelaufen war. „Warum denkt ihr, dass ich kein Mann bin?“

Skatch lachte auf. „Du benimmst dich wie ein kleiner Junge“, antwortete er und äffte Mulan nach, wie sie mit Bedacht ihr Essen zum Mund führte. „Du musst *aussehen* wie ein Mann, *riechen* wie ein Mann und dich *benehmen* wie ein Mann!“

Erleichtert atmete Mulan aus, als sie feststellte, dass ihr Geheimnis doch nicht aufgeflogen war. Der Mönch, der ja nicht wissen konnte, was sie dachte, begann um das Feuer herumzutrampeln. Mulan verbiss sich ein Lachen. Sie wäre kaum überrascht gewesen, wenn er nun auch noch angefangen hätte zu brüllen und sich mit den Fäusten auf die Brust zu trommeln. Aber das, was er sagte, machte sie neugierig, denn sie hatte sich darüber noch gar keine Gedanken gemacht. „Aber wie benimmt sich ein Mann denn?“, fragte sie.

„Erst mal isst er nicht wie ein Mädchen.“ Wieder tat Skatch so, als pickte er ein einzelnes Reiskörnchen auf. „Männer essen, als wäre es die letzte Mahlzeit ihres Lebens.“ Zur Illustration machte er einen Mann nach, der sich das Essen in den Mund stopfte und danach sogar noch die Schüssel ausleckte. Mulan fand, er sah aus wie ein Schwein.

Aber genau darauf wollte Skatch hinaus: Männer benahmen sich wie Schweine. Außerdem strotzten sie fast immer vor Selbstvertrauen. „Du bist vorhin in diese Taverne geschlichen, als hättest du etwas zu verbergen.“ Diesmal machte er Mulan nach, wie sie in geduckter Haltung in die Wirtsstube gekommen war. Ramtish lachte. Jetzt stellte sich Skatch breitbeinig hin und streckte die Brust heraus. „Wenn ein echter Mann einen Raum betritt, dann *gehört* ihm dieser Raum. Er ist sein Territorium. Er spricht das vielleicht nicht aus, aber er glaubt es." Und dann, Mulan glaubte es kaum, trommelte er sich tatsächlich gegen die Brust. „Uaah!", brüllte er. Dann deutete er Mulan, sich neben ihn zu stellen. „Komm, zeig es mir."

Mulan atmete tief durch und stellte sich neben den Mönch. Zuerst stellte sie sich breitbeinig hin, wie er es vorgemacht hatte. Dann streckte sie die Brust heraus und trommelte darauf. „Ua!", rief sie. In ihren Ohren klang der Ruf wie ein Quietschen.

Doch Skatch war zufrieden. „Jaa!", rief er. „*Das* ist es! Du *suchst* keinen Ärger, aber du schreckst auch nicht davor zurück! Vor allem nicht vor einem stinkenden, zahnlosen Wirt!"

Da schnellte seine Hand hervor und schnappte Mulan das Schwert weg. Und bevor sie noch reagieren konnte, hielt er ihr schon die Schwertspitze unter das Kinn. „Erst zahlen, dann essen?", rief er, als spräche er nun mit dem Wirt. „Ich bezahle mit meinem Schwert. Also entweder bekomme ich jetzt etwas zu essen … oder du bist tot!"

Mulan dachte etwas verwundert, dass er für einen Mönch erstaunlich gut mit dem Schwert umgehen konnte. Nun drehte er es flink um und hielt es Mulan mit dem Griff voran wieder hin.

„Oh, und noch etwas: Lass dir von niemandem das Schwert klauen“, sagte er. „Sehr schlechte Idee.“

„Oh, Entschuldigung“, begann Mulan.

„Du sollst dich auch nicht entschuldigen“, schnitt ihr Skatch das Wort ab. „Ach, und übrigens ...“ Diesmal war er es, der unterbrochen wurde.

Ramtish ließ einen herzhaften Rülpser hören und schlug sich danach mit der Faust auf die Brust. „Bruder Skatch“, sagte er, „dieser Mann versucht hier, in Ruhe zu essen, und du laberst ihn voll wie ein Waschweib.“

Skatch legte die Hand aufs Herz. „Verzeih, Hua Jun. Komm, wir setzen uns – entspann dich und genieße dein Mahl.“

Er wandte sich um und gesellte sich hinüber zu Ramtish, der es sich auf einem umgestürzten Baumstamm gemütlich gemacht hatte.

Stille breitete sich über die kleine Lichtung aus, während die beiden Mönche schweigend in das flackernde Feuer starrten und Mulan die beiden musterte. Sie war immer noch nicht ganz sicher, was sie eigentlich hier wollten. Sie hatten ihr zu essen gegeben, wofür sie dankbar war, doch sie hatte angenommen, dass sie sich bald wieder auf den Weg machen würden. Doch sie blieben.

Irgendwann brach sie die Stille: „Du sagtest, da wäre noch eine Sache."

„Wie bitte?", fragte Skatch nach und sah von seinem Becher auf. Sein Blick war bereits etwas glasig und seine Stimme klang rau.

„Du weißt schon", erinnerte ihn Mulan, „wie Männer sein müssen. Was muss ich noch wissen?"

Skatch und Ramtish tauschten einen Blick aus, den Mulan nicht so recht deuten konnte. Doch dann sagte Ramtish: „Na los, sag's ihm. Besser er erfährt es gleich."

Skatch zögerte noch einen Augenblick, sodass Mulan sich wunderte, ob er dem Rat seines Freundes folgen oder ihn ausschlagen würde. Als Mulan schon etwas ungeduldig wurde, nickte er schließlich. „Na schön, hier ist die allerwichtigste Sache von allen: Ein echter Mann lehnt niemals ab, wenn man ihm zu trinken anbietet."

Sobald Skatch seine „Lektion" beendet hatte, stellte Ramtish beiläufig einen Becher Wein vor Mulan hin. Sie sah auf die rote Flüssigkeit hinab. Sie hatte noch nie in ihrem Leben einen Tropfen Wein probiert. Selbst bei den raren Feierlichkeiten im Dorf hatte ihre Mutter es streng verboten, weil man, so hatte sie es Mulan erklärt, sich dadurch nicht mehr wie eine Lady verhielt. Aber nun hatte sie keine Wahl. Wenn sie ablehnte, würden die Mönche ihr Geheimnis aufdecken.

Also holte sie tief Luft, nahm den Becher und führte ihn an die Lippen. Dann trank sie den gesamten Inhalt in einem Schluck hinunter.

Skatch sah auf den jungen Soldaten hinab, der neben dem Feuer auf der Erde lag. Er war völlig weggetreten. Der Wein hatte seinen Dienst getan. Schon in dem Augenblick, als er den jungen Mann gesehen hatte, war für Skatch klar gewesen, dass er eine leichte Beute sein würde. Der Junge roch förmlich nach Unschuld und Naivität. Ein einziger Becher Wein hatte gereicht, um Hua Jan auszuschalten. Jetzt lag er da, die eine Gesichtshälfte im Dreck, und bekam nichts von dem mit, was ringsum geschah.

Skatch rieb sich mit der Hand sein haarloses Kinn. Der falsche Bart, den er zuvor getragen hatte, hing um seinen Hals. Als er sich umdrehte, sah er, wie Ramtish das Schwert des Soldaten hinten an den Sattel des Pferdes schnallte. Das stattliche Tier trippelte nervös, es witterte, dass hier irgendetwas nicht stimmte.

„So, das Pferd und das Schwert hätten wir schon mal“, sagte Ramtish und zurrte die Waffe noch ein letztes Mal mit einem Seil fest. Dann wies er mit dem Kinn auf Mulan. „Fehlt nur noch die Rüstung.“

Ohne auf Skatchs Erlaubnis zu warten, beugte er sich über den jungen Soldaten und begann, seine Rüstung abzuschnallen. Doch noch ehe er damit fertig war, tauchte wie aus dem Nichts ein lärmender, hässlicher Vogel auf. Mit fuchtelnden Armen versuchte Ramtish, den Vogel fortzuscheuchen. Doch das Vieh ging immer wieder mit wildem Blick und fliegenden Federn auf ihn los. Laut brüllend gelang es dem Mann, dem Vogel einen Schlag zu versetzen, sodass er in weitem Bogen davonflog.

Unbeeindruckt machte er kehrt und griff erneut an, nur diesmal benutzte Ramtish zu seiner Verteidigung nicht die Hand, sondern zog sein Schwert und streckte die Spitze dem heranstürmenden Vogel entgegen.

Diesmal blieb der Vogel stehen.

„Bruder?“, rief Skatch, der mit einer Mischung aus Belustigung und Neugierde den Schlagabtausch zwischen

Mensch und Vogel beobachtete. Er hatte keine Ahnung, warum der Vogel den Eindruck machte, den Krieger beschützen zu wollen, aber es war klar, dass er Ramtish nicht in seine Nähe lassen wollte. „Lass ihm seine Rüstung. Und das Schwert."

Als Ramtish aufsah, stand ihm die Überraschung ins Gesicht geschrieben. „Was?", wunderte er sich. Er und Skatch waren seit Jahren Komplizen. Und in all der Zeit hatte Skatch niemals freiwillig etwas Wertvolles zurückgelassen.

„Ich mag den Jungen irgendwie", sagte Skatch und zuckte die Achseln. „Er ist ein Außenseiter wie wir."

Skatch rückte sich den falschen Bart im Gesicht zurecht. „Lass ihm den Esel auch da", sagte Skatch. „Ich bin heute in großzügiger Stimmung." Dann fasste er die Zügel des Pferdes und führte das Tier von der Lichtung. Nach einem letzten begehrlichen Blick auf das Schwert und die Rüstung seufzte Ramtish und folgte ihnen nach.

Hinter ihnen blieb der junge Krieger schwer atmend und mit geschlossenen Augen auf dem Boden vor dem Feuer zurück.

NEUN

Ich bin tot, *dachte Mulan.* Deshalb fühle ich mich so grauenhaft. Ich bin gestorben und werde bis in alle Ewigkeit dafür bestraft, dass ich mich meiner Familie widersetzt habe.

Mulan öffnete die Augen, schloss sie aber gleich wieder. Sie war nicht tot, aber sie wünschte fast, sie wäre es. In ihrem Kopf hämmerte es und ihre Wangen glühten. Sie wollte sich mit der Hand vor der gnadenlosen Sonne schützen, doch ihr Arm war zu schwer.

Also lag sie eine Zeit lang reglos da, sich selbst und die

Mönche laut dafür scheltend, wie schlecht es ihr ging. Sie hätte niemals Skatchs „Rat“ befolgen sollen. Ein kluger Krieger trank niemals Wein. Vor allem, wenn man sich hinterher so mies fühlte.

Plötzlich pickte irgendetwas Mulan auf der Nase herum. „Autsch!“, rief sie erschrocken und riss die Augen auf. Überrascht – und etwas verärgert – stellte sie fest, dass der hässliche Vogel auf sie herunterstarrte. Er schimpfte, als wollte er sie wegen ihres erbärmlichen Zustandes zurechtweisen.

Mulan erhob sich viel zu schnell, und schon in der nächsten Sekunde bereute sie es. Durch die Bewegung begann es in ihrem Kopf nur noch heftiger zu hämmern. Sie ächzte vor Schmerz. Irgendwann, als sie sich ein wenig erholt hatte, sah sie sich um. Sie wollte Skatch und Ramtish ihre Meinung sagen, was ihre „guten Ratschläge“ anbelangte. Doch dann traf es sie plötzlich wie ein Schlag ins Gesicht: Das Feuer war aus. Die Mönche waren fort – und sie hatten Black Wind mitgenommen.

In Sekundenschnelle sprang Mulan auf die Beine. Die Lichtung lag still da. Mulan stieß einen lauten Pfiff aus. Doch weder ein Wiehern noch ein Hufeklappern kam zurück. Mulan pfiff ein zweites Mal. Nichts. Verzweifelt erkannte sie, dass ihre größte Angst sich bewahrheitet hatte. Black Wind war fort.

An seiner Stelle stand dort der müde, abgehalfterte Esel der Mönche.

Mulan hätte am liebsten losgebrüllt. Nun hatte sie weder Nahrung noch ein Pferd. Zornig stampfte sie mit dem Fuß auf und erschrak, als sie feststellte, dass auch ihre Schuhe fehlten.

Mulan atmete tief durch und versuchte, ihren rasenden Pulsschlag zu beruhigen. Sie war schon so weit gekommen, sie würde jetzt nicht umkehren. Sie schuldete es ihrer Familie – und auch sich selbst. Also suchte sie ihre wenigen Habseligkeiten zusammen und ließ die Finger über die Inschrift in dem seidigen Metall des Schwertes gleiten. Treu. Mutig. Aufrichtig. Diese Worte hatten bereits ihren Vater durch die Schlacht getragen, und nun würden sie Teil ihrer eigenen Geschichte werden. Was auch immer geschah.

Sie schnallte sich das Schwert auf den Rücken, nahm die Zügel des Esels und führte ihn fort von der Lichtung. Die Schritte des Tieres waren langsam und schwerfällig, und alle paar Meter hielt das halsstarrige Tier an, in dem Versuch, ein paar Grashalme zu ergattern. Ungeduldig zerrte Mulan an den Zügeln. *Schlimmer kann es wirklich nicht kommen*, dachte sie.

Doch dann hörte sie ein lautes Krächzen.

Der hässliche Vogel hatte sich ihr abermals in den Weg gestellt. Mit weit ausgestreckten Flügeln und schräg geneigtem Kopf starrte das Tier sie an. *Es reicht!*, dachte Mulan, die innerlich kochte. *Zuerst die Mönche – und jetzt schon wieder dieser Vogel! Genug ist genug!*

„Du!“, schimpfte sie. „Lass mich in Ruhe!“

Der Vogel rührte sich nicht – zumindest anfangs. Dann begann er, vor Mulans Augen zu zappeln. Er legte die Flügel nach hinten und streckte den Hals lang, als flöge er durch die Lüfte. Mulan schnappte nach Luft, als ihr der lange Hals, die geöffneten Flügel und die würdevolle Haltung endlich bekannt vorkamen. Konnte es wahr sein?

„Phönix?“, fragte Mulan vorsichtig, als sie das Tier schließlich als das erkannt hatte, was es war: der Vogel ihres Familientempels, in Fleisch und Blut.

Der Phönix ließ die Flügel sinken und nickte, als wollte er sagen: *Na endlich!*

„Was in aller Welt …“, stammelte sie, während sie für sich nach einer Erklärung suchte. Ihr Vater hatte ihr gesagt, dass der Vogel über sie wachte, aber sie hatte gedacht, er hätte nur bildlich gesprochen. „Bist du hier, um mich zu beschützen?“ Sie musterte den Vogel, der kaum merklich nickte. Mulan wollte laut herauslachen. Und gleichzeitig heulen. Das musste ein Scherz sein. Einer der grausamen Sorte. Wie konnte ein Vogel, der kaum genug Federn besaß, um nicht zu erfrieren, ihr eine Hilfe sein? „Kann ich nicht einfach mein Pferd zurückhaben?“, fragte sie.

Die Antwort des Phönix war ein nicht sehr vogelartiges Fauchen. Er hüpfte auf Mulan zu, an ihr vorbei und hoch auf den Rücken des Esels. Dort machte er es sich gemütlich und ignorierte die eisigen Blicke, die Mulan ihm zuwarf.

„Du kannst hier meinetwegen festwachsen, aber ich werde nicht nach Hause gehen“, sagte Mulan.

Der Phönix bewegte sich kein Stück. Doch der vorwurfsvolle Blick wich aus seinen Augen.

„Ich werde gehen und für mein Land kämpfen“, beharrte Mulan, obwohl sie nicht wusste, warum sie das Gefühl hatte, sich gegenüber dem Phönix rechtfertigen zu müssen. Der Ausdruck des Vogels blieb unverändert. „Ich brauche dich nicht“, fügte Mulan hinzu.

Diesmal zuckte der Phönix mit den Schultern und machte damit sonnenklar, was er dachte: *Das wird die Zeit noch zeigen …* Dann drehte er Mulan den Rücken zu.

Mulan seufzte. Wie es aussah, würde der Phönix bei ihr bleiben, ob sie ihn nun brauchte oder nicht. Also griff sie sich die Zügel und trieb den Esel an weiterzulaufen. Sie würde ein spektakuläres Bild abgegeben, wenn sie mit einem Esel und einem Phönix, der aussah, wie ein gerupftes Huhn, beim Armeestützpunkt angeritten kam.

Doch das war ein Problem, mit dem sie sich auseinandersetzen wollte, wenn es so weit war. Nun musste sie erst mal dorthin gelangen.

Auch wenn sich Mulans Reise für sie so anfühlte, als würde sie niemals enden, war es irgendwann doch so weit.

Als sie am Rand eines weiten Feldes ankamen und Mulan das riesige Feldlager sah, staunte sie nicht schlecht. Auf mehreren großen Zelten, die von kleineren umgeben waren, flatterten Fahnen im Wind, der Geruch von Essen zog umher und sorgte dafür, dass ihr Magen abermals zu knurren begann. Das Geräusch von klappernden Hufen vermischte sich mit dem Klirren der Schwerter von Soldaten, die für den Kampf übten. Am Rand des Lagers waren große Tore errichtet worden, vor denen sich nun Hunderte Männer mit Einberufungsbefehlen in Händen angestellt hatten. Alle paar Minuten wurde eine Handvoll Soldaten durch das Tor gelassen, die dann in dem Gewirr des Feldlagers verschwanden. Mulan ließ den Blick über die zukünftigen Soldaten schweifen. Einige waren jung, mit Gesichtern voller Tatendrang, andere waren älter und blickten weise und abgehärmt drein. Aber sie waren ausnahmslos Männer.

Mulan atmete noch einmal tief durch, bevor sie den Esel weitertrieb. Der Phönix, der nach kurzer Reise bereits eingeschlafen war, schreckte auf. Als er das Feldlager erblickte, schrie er kurz auf und sprang vom Rücken des Esels, um sich hinter einigen Sträuchern zu verstecken. Den Bruchteil einer Sekunde dachte Mulan daran, es ihm gleichzutun. Doch dann rief sie sich die Worte auf dem Schwert in Erinnerung. Treu. Mutig. Aufrichtig. Ja, nun musste sie zeigen, wie mutig sie war.

Mulan schob die Schultern zurück und trabte vorwärts, während sie im Geist die Lektionen der Mönche durchging, denen sie dafür einerseits dankbar war, sie aber gleichzeitig verfluchte. Dann stellte sie sich in die Reihe. Vor ihr warteten zwei junge Männer, die etwa gleich alt sein mussten wie sie. Einer war etwas dicklich und hatte rote Backen. Er wirkte unbeholfen und fühlte sich sichtlich unwohl. Mulan hatte Mitgefühl mit ihm. Wahrscheinlich hatte sie selbst auch ganz rote Wangen, vielleicht nicht vor Scheu, doch jedenfalls von den vielen Stunden, die sie durch die pralle Sonne geritten war. Neben ihm stand ein Rekrut, der etwas größer war. Er sagte etwas zu ihm und lachte. Mulan stand still hinter ihnen und versuchte, nicht zu lauschen.

In diesem Augenblick drängte sich ein weiterer junger Mann, der dem Anschein nach ein paar Jahre älter sein musste, vor Mulan in die Reihe. Er ignorierte ihr Murren und stellte sich knapp hinter die beiden anderen. Ein langer Grashalm ragte aus seinem Mundwinkel. Nun nahm er ihn heraus und kitzelte damit den größeren Jungen im Ohr.

„Ich bin Cricket", sagte dieser gerade.

„Longwei", stellte sich der andere Rekrut vor.

Cricket nickte. „Meine Mutter sagt, ich wurde unter …" Er unterbrach sich und fuhr sich mit der Hand ans Ohr, um das „Insekt" fortzujagen, das ihn kitzelte.

Hinter ihm verbiss sich der neu dazugekommene Rekrut ein Lachen. Ein weiterer Rekrut gesellte sich zu ihm, zeigte auf den Grashalm und deutete dem anderen, es noch mal zu tun. Mulan sah ihnen mit zusammengekniffenen Augen zu. Cricket hatte den Männern doch nichts getan. Was hatten sie davon, ihn zu ärgern?

Cricket, der von alldem nichts mitbekommen hatte, plauderte weiter. Seine Stimme war freundlich und offenherzig. „Sie sagte, ich wäre unter einem Glück verheißenden …“ Das Kitzeln wurde immer lästiger, also schlug Cricket nun fester. Nur, dass er kein Insekt erschlug, sondern aus Versehen Longwei eine Ohrfeige verpasste.

„Aua!“, rief dieser und hielt sich die Wange. Die zwei Störenfriede hinter ihm brüllten vor Lachen. Dann stießen sie Cricket und Longwei aus der Warteschlange und nahmen ihren Platz ein. Die jüngeren Rekruten stießen gegeneinander und hatten Mühe, das Gleichgewicht zu halten. Mulan, die so eine Ahnung hatte, dass auch sie gleich angerempelt würde, ging lieber aus dem Weg. Doch sie hatte den Mann nicht gesehen, der sich neben ihr angestellt hatte. Sie schrie auf, als sie mit ihm zusammenstieß und zu Boden fiel.

Eine Zeit lang lag sie still da und versuchte sich zu beruhigen. Dann sah sie, dass jemand eine Hand nach ihr ausstreckte.

„Tut mir leid, Kaulquappe“, sagte der Rekrut. „War meine Schuld.“

Mulan hatte alle Mühe, nicht rot anzulaufen. Der junge Mann, der über ihr stand, war groß gewachsen, schlank und sehr, sehr gut aussehend. Er hatte freundliche, etwas schelmisch blickende Augen.

Wieder bot er ihr an, ihr aufzuhelfen.

Mulan, die von seinem Aussehen und der charmanten Art abgelenkt war, hätte beinahe seine Hand ergriffen, aber nur *beinahe*. Dann stutze sie. Hatte er sie tatsächlich Kaulquappe genannt? Mit etwas Verspätung packte sie nun die Verlegenheit. Das war genau das, was Skatch ihr prophezeit hatte. Niemand würde sie ernst nehmen.

Mulan ignorierte die ausgestreckte Hand und kam allein wieder auf die Füße. Dann griff sie nach ihrem Schwert. Doch ihre Hände waren klamm und zitterten, sodass ihr Versuch, souverän die Waffe zu ziehen, am Ende ziemlich stümperhaft wirkte. Schließlich hatte sie das Schwert hervorgeholt und hielt dem Rekruten die Spitze an den Hals, genau wie Skatch es ihr gezeigt hatte. „Wenn du noch einmal wagst, mich zu beleidigen“, sagte sie mit gespielt tiefer Stimme, „dann wirst du meine Schwertspitze zu spüren bekommen.“

Augenblicklich wich jede Fröhlichkeit aus dem Gesicht des Mannes. Mulan hatte noch nicht einmal gehört, wie sein Schwert durch die Luft zischte, da spürte sie es schon an ihrem eigenen Hals. Mulan schluckte. *Vielleicht* war sie doch ein wenig voreilig gewesen. Skatch hatte ihr leider nicht gesagt, was zu tun war, wenn der andere auch eine Waffe besaß.

„Nimm dein Schwert runter", sagte der Rekrut.

„Oder, was?", brachte Mulan heraus und versuchte dabei möglichst hart zu klingen. Doch sie merkte selbst, dass ihre Stimme unsicher klang.

Mulan spürte, wie Cricket, Longwei und die beiden Störenfriede zwischen ihr und dem jungen Mann, der ihr gegenüberstand, hin und her sahen. Irgendjemand flüsterte: „Honghui", und ein paar andere wiederholten den Namen. Ihr Arm zitterte bereits, und sie wünschte, das Schwert herunternehmen zu können, aber es ging nicht. Nicht bis der andere, dessen Name wohl Honghui war, seines absetzte.

Aus dem Augenwinkel sah sie, wie eine andere Person sich ihnen näherte. Es war ein älterer Mann, aus dessen Gesicht viel Erfahrung sprach. Im nächsten Augenblick hatte jemand blitzschnell Mulans Arm hinter ihren Rücken gebogen und ihr das Schwert aus der Hand genommen. Sie ließ den zweiten Arm sinken. Ihr gegenüber rieb sich auch Honghui den Arm.

„Ich bin euer Oberbefehlshaber Kommandant Tung!", brüllte der Mann. „Ich dulde hier keine Kämpfe. Habe ich mich klar ausgedrückt?" Mit eisigem Blick fixierte er den jungen Mann.

„Ja, Kommandant!", antwortete der Rekrut unverzüglich.

Der Kommandant wandte sich zu Mulan um und wiederholte seine Frage. Mulan war die Stimme im Hals stecken geblieben. Also nickte sie nur.

„Lauter, Soldat!", befahl Kommandant Tung.

„Ja, Kommandant", sagte Mulan.

Neben ihr holte sich Honghui sein Schwert zurück und warf ihr einen finsteren Blick zu. Mulan hatte es sich mit ihm verscherzt. Anstatt Verbündete zu finden, hatte sie sich bereits die ersten Feinde gemacht.

Als der Kommandant Mulan das Schwert zurückreichte, stutzte er, denn sein Blick war an der Inschrift in der Klinge haften geblieben. Mit neuem Interesse sah er Mulan an. „Wie heißt du, Soldat?", erkundigte er sich.

„Hua Jun, Kommandant", log Mulan, ohne zu zögern.

„Ist dies das Schwert deiner Familie?", fragte Kommandant Tung.

Mulan nickte, doch dann erinnerte sie sich, dass der Kommandant wollte, dass sie sprach. „Es gehört meinem Vater, Hua Zhou", sagte sie.

Schweigend blickte der Kommandant zwischen dem Schwert und Mulan hin und her, doch sein Blick verriet, dass er in bewegten Erinnerungen versunken war. Dann bemerkte er ihre nackten Füße und machte eine Kopfbewegung zu einem der Zelte hinter ihnen: „Geh und hol dir ein Paar Stiefel“, sagte er. Mulan hatte keine Zeit mehr zu antworten. Kommandant Tung war bereits davonmarschiert und im Getümmel des Feldlagers verschwunden.

Mulan atmete erleichtert aus. Immerhin hätte der Kommandant sie auch bestrafen oder fortschicken können. Stattdessen schien er sich für sie zu interessieren – oder zumindest für ihren Familiennamen. Und auch wenn die Begegnung ihr erste Feinde beschert hatte, sollte sie nun zumindest Stiefel bekommen. Sie sah hinunter auf ihre blutigen Füße und dachte, dass es wirklich höchste Zeit war.

Mulan sammelte ihre Siebensachen zusammen und steuerte auf das Kleiderzelt zu. Je größer der Abstand zwischen ihr und Honghui wurde, desto besser. In einer anderen Welt und unter anderen Umständen, dachte Mulan, hätte Cricket vielleicht ein Freund werden können. Doch sie wollte lieber nicht noch länger dortbleiben, um herauszufinden, ob ihr Eindruck stimmte. Sie wollte lieber ihre Stiefel holen und dann darüber nachdenken, in welche missliche Lage sie sich gebracht hatte. Sie hatte sich solche Sorgen gemacht, den Krieg nicht zu überleben, dass sie gar nicht daran gedacht hatte, dass sie zuvor auch das Ausbildungslager überstehen musste.

ZEHN

Als Mulan endlich ein passendes Paar Stiefel und Kleider für das Training gefunden hatte, die lediglich zwei Nummern zu groß waren, wurde es bereits dunkel. Sie machte sich auf die Suche nach dem Schlafplatz, den man ihr zugewiesen hatte. Alle Zelte sahen völlig gleich aus, also streunte sie eine Zeit lang allein durch das Ausbildungslager und war froh, dass es dunkel war. Nach Wochen der Einsamkeit hatte sie sich offenbar daran gewöhnt, ungestört ihren Gedanken und dem Klappern von Black Winds Hufen zuzuhören.

Während sie so zwischen den Zelten herumwanderte, nahm sie eine schräge Mischung aus verschiedenen Gerüchen wahr und rümpfte die Nase. Es roch stark nach Schweiß, ungewaschenen Kleidern und zu kurz gekochtem Fleisch. Vor den größeren Zelten waren Feuer entzündet worden und ringsum standen Soldaten, um sich die Hände zu wärmen. Ihre dröhnenden Stimmen wirkten in der Stille der Nacht umso lauter.

Mulan seufzte. In diesem Augenblick wünschte sie sich nichts mehr, als wieder zu Hause bei ihrer Familie zu sein und neben ihrer Schwester zu sitzen, während ihre Mutter versuchte ihr widerspenstiges Haar zu bändigen. *Dein Haar ist wie du, Mulan, es tut, was es will,* würde sie sagen, aber mit sanfter Stimme, während ihre Finger ihr liebevoll über die Schultern strichen …

Mulan schüttelte den Kopf, um die Gedanken an zu Hause zu vertreiben. Sie taten ihr nicht gut. Die Mönche hatten ihr gesagt, sie müsse sich verhalten wie ein Mann. Und Männer wurden niemals sentimental und weinerlich. Als Mulan ihr Zelt erblickte, schlüpfte sie hinein.

Doch schon in der nächsten Sekunde bereute sie es.

Überall lungerten halb ausgezogene Männer herum, die Witze rissen und miteinander lachten. Mulan wurde rot im

Gesicht und ihre Kehle trocknete aus. Zwei der Rekruten tauschten zum Spaß Boxschläge aus und stritten sich darum, wer den besseren Schlafplatz bekommen sollte. Ein anderer durchwühlte seine Kleider und warf einzelne Stücke achtlos über die Schulter nach hinten. Der Nächste war gerade dabei, seine Klinge zu schärfen, während ein Weiterer sich mit der Spitze eines Dolches zwischen den Zähnen herumbohrte.

Mit gesenktem Blick bahnte sich Mulan einen Weg durch das Zelt, das abgesehen von seinen Bewohnern nahezu leer war. Die einzigen Einrichtungsgegenstände waren die acht Schlafkojen, die an den Seitenwänden aufgereiht standen. Fast jede war bereits mit einem Stapel Kleider oder anderen Gebrauchsgegenständen besetzt. Mulan entdeckte eines der letzten freien Betten und steuerte darauf zu. Doch kurz vor dem Ziel schnitt ihr ein Rekrut den Weg ab. Seine nackte Haut strich an Mulans Fingerspitzen vorbei.

Wie vom Blitz getroffen, blieb Mulan stehen.

Im nächsten Moment lief von hinten jemand in sie hinein.

Als sie sich umdrehte, konnte Mulan es kaum fassen. Es war Cricket. Und Longwei war auch bei ihm. Beide sahen sie an und hoben die Augenbrauen. Doch noch ehe einer der drei etwas sagen konnte, tauchte der größere Rekrut auf der Bildfläche auf, der die zwei zuvor geärgert hatte. Wie die meisten Männer im Zelt war auch er sehr spärlich bekleidet. Als er Cricket und Longwei entdeckte, grinste er. Einen Augenblick lang sah es fast so aus, als freute er sich ehrlich darüber, die beiden wiederzutreffen. Doch dann nahm er sie in den Schwitzkasten und zerrte sie mitten hinein in den wachsenden Tumult der raufluſtigen Kameraden.

Eilig versuchte Mulan, sich so weit wie möglich von den Unruhestiftern zu entfernen und nahm wieder Kurs auf das freie Bett. Doch das Schicksal schien es nicht gut mit ihr zu meinen, denn als sie dort ankam, traf sie auf Honghui. Der gut aussehende Rekrut stand neben seinem Freund, der, wie Mulan sich erinnerte, von den anderen Po genannt wurde.

„Sieh mal, wer da ist“, sagte Po und stieß Honghui an.

Kurz flammte in Mulan die Hoffnung auf, dass Honghui ihren kleinen Zusammenstoß schon vergessen haben könnte und die Sache ruhen ließ.

Doch dann traf sie Honghuis Blick, und er war alles andere als freundlich.

Oder auch nicht, dachte Mulan. Wenn Skatch und Ramtish jetzt da wären, hätten sie ihr gesagt, dass ein echter

Kerl sich niemals entschuldigte. Aber das Letzte, was Mulan jetzt brauchen konnte, war ein Feind. Je weniger Aufmerksamkeit er ihr schenkte, umso besser. Schon wollte sie mit ihrer Entschuldigung loslegen, da donnerte eine laute Stimme durch das Zelt. Augenblicklich ließen die Rekruten ihre Rangelei sein und alle Augen richteten sich auf den Eingang, wo sich Sergeant Qiang, ihr befehlshabender Offizier, aufgebaut hatte.

„Ich sagte, alle Mann zum Duschen!“, rief er verärgert.

„Duschen?“, wiederholte Mulan voll Entsetzen.

Sergeant Qiang nickte. „Ja, duschen. Ihr stinkt erbärmlich!“

Während die anderen schon hintereinander aus dem Zelt marschierten, um dem Befehl des Offiziers zu folgen, blieb Mulan weiter stehen und hantierte an ihrer Rüstung herum. Sie konnte jetzt nicht duschen gehen. Sie würde sofort auffliegen und ernsthaften Ärger bekommen. Doch wenn sie sich weigerte, einem Befehl zu gehorchen, bedeutete das ebenfalls Probleme. Nervös spielte sie an ihrem neuen Hemd herum und versuchte Zeit zu schinden, indem sie an einem losen Saum zupfte. Sie hatte keine Wahl: Sie musste wohl abhauen und versuchen, es zurück nach Hause zu schaffen. Eine andere Möglichkeit gab es nicht …

„Und ich brauche einen Freiwilligen für die Nachtwache!“

Mulan zögerte keine Sekunde. Ihre Hand schoss hoch. „Ich!“, rief sie eilig. Ihre Stimme war laut und viel zu begeistert für diese wenig erstrebenswerte Aufgabe. Sie senkte die Hand und fügte, diesmal ruhiger, hinzu: „Ich meine, ich melde mich freiwillig, Sir.“ Als sie sich zum Sergeant begab, sah sie noch, wie Honghui und Po einander ansahen.

„Pass besser gut auf“, warnte Honghui, sein Ton klang allerdings nicht besonders besorgt.

Po nickte zustimmend: „Diese Invasoren aus dem Norden fressen Kaulquappen zum Frühstück.“

Dann rempelte Po sie im Vorübergehen an und erschreckte sie mit einer schnappenden Mundbewegung. Mulans Gesichtsausdruck blieb wie versteinert. Sie wollte ihnen nicht die Genugtuung geben, ihre Verunsicherung zu sehen. Doch sobald sie fort waren, begann sie zu zittern. Denn genau genommen war das, was sie erwartete, überhaupt kein Spaß: Sie hatte sich gerade eben für einen Job gemeldet, der sie an die vorderste Verteidigungsfront gegen die Invasoren rückte.

Hätte nicht der Sergeant dort gestanden und auf sie gewartet, hätte sich Mulan am liebsten selbst mit der flachen

Hand gegen den Kopf geschlagen, weil sie sich immer tiefer in den Schlamassel hineinmanövrierte.

Mulan fror bis auf die Knochen, als sie da draußen stand und in die Dunkelheit hinter den Lagermauern starrte.

Während der ersten paar Stunden hatte Mulan den Wachdienst sogar noch genossen. Es war still und zum ersten Mal, seit sie im Ausbildungslager war, konnte sie ein wenig durchatmen. Doch nach drei Stunden wurde es langsam kalt, und eine weitere Stunde später türmten sich Wolken auf. Als noch nicht einmal die Hälfte ihrer Schicht vorüber war, regnete es in Strömen und das Wasser floss vor ihr herab.

Aber nicht *auf* sie.

Diese Erkenntnis verwunderte sie, also sah sie hoch. Als sie den Phönix erblickte, verdrehte sie die Augen. Der Vogel hockte mit ausgestreckten Flügeln am Rand des Wachturmdaches und formte für Mulan einen Regenschirm.

Mulan kniff die Augen zusammen. Hatte sie dem Vogel nicht gesagt, er solle sie in Ruhe lassen? Was sie nun wirklich nicht brauchen konnte, war, dass jemand beobachtete, wie ein hässlicher Vogel sich um sie kümmerte.

Sie machte einen großen Schritt nach rechts. Sekunden später war sie völlig durchnässt.

Oben auf dem Dach rückte der Vogel Mulan hinterher. Der Regen hörte wieder auf.

Da wurde Mulan zornig und trat auf die andere Seite. Das Regenwasser lief ihr erneut über das Gesicht und durchnässte die Kleider. Dennoch sah sie zu dem Phönix hoch und zischte: „Ich habe dir doch gesagt, ich brauche dich nicht."

Der Phönix zuckte die Achseln, als wollte er sagen: *Du wirst schon sehen, was du davon hast,* und klappte die Flügel ein. Nun war Mulan dem Regen völlig ausgeliefert.

Sie ließ den Blick sinken. Als irgendwann der nächste Rekrut kam, um sie abzulösen, zitterte sie vor lauter Kälte und Erschöpfung. Mulan nickte ihm nur kurz zu und begab sich dann eilig zurück zum Zelt. Jetzt wollte sie sich nur noch hinlegen und schlafen.

Doch als sie den Stoff des Zelteingangs beiseiteschob, wurde ihre Hoffnung auf etwas erholsamen Schlaf enttäuscht. Jede Pritsche war besetzt. Über einige der Schlafkojen hatten sich sogar mehrere Rekruten quer ausgestreckt. Lautes Schnarchen und ein gelegentliches Grunzen schallten durch das Zelt, sodass es beinahe so laut war, wie tagsüber, wenn alle wach waren und sich unterhielten. Mulan seufzte tief und schlich sich dann auf Zehenspitzen den schmalen Durchgang zwischen den Betten entlang. Immer wieder blickte sie nach rechts und nach links, verzweifelt auf der Suche nach etwas Platz. Sie kam an Honghui und Po vorbei, die Rücken an Rücken schliefen. Kurz erwog sie, ihnen als Dank für den Kaulquappenkommentar das nasse Hemd über den Köpfen auszuwringen, aber als Honghui ein lautes Ächzen von sich gab, überlegte sie es sich anders. Selbst im Schlaf hatte er für sie noch etwas Einschüchterndes.

Gerade als sie aufgeben wollte und sich aufmachte, um draußen nach einem Schlafplatz zu suchen, entdeckte sie ganz hinten im Zelt einen winzig kleinen, schmalen Platz und ging hin. Sie sah sich um, um sicherzugehen, dass niemand aufgewacht war, bevor sie die nassesten und schmutzigsten Schichten ihrer Kleider ablegte. Als sie sie über den Kopf zog, erschauderte sie. Ihre Schultern waren steif von den vielen Stunden des Stillstehens, und sie wollte sich gar nicht ausmalen, wie sie sich am nächsten Tag anfühlen würden. Nur als sie dann die engen Lederriemen löste, die ihre Brust bedeckten, atmete sie einmal tief und dankbar ein. Die Riemen waren notwendig, um ihre Identität zu schützen, aber sie waren alles andere als gemütlich.

Nur mit einem schlichten, weißen Hemd bekleidet, von dem Mulan hoffte, es würde die meisten ihrer Körperrundungen verdecken, legte sie sich vorsichtig hin. Einen wunderbaren Moment lang lag sie einfach mit geschlossenen Augen da und entspannte sich, sodass ihre armen Muskeln etwas Ruhe bekamen.

Und dann ließ der Soldat neben ihr ein geräuschvolles Schnauben hören, drehte sich im Bett herum und legte seinen Arm um sie. Zu allem Übel musste sie auch noch feststellen, dass der Mann nicht irgendein Rekrut war, sondern Yao, derselbe Typ, der Cricket tyrannisiert hatte. Vorsichtig versuchte sie seinen Arm fortzuschieben, doch er schnaubte ein zweites Mal und warf auch noch seinen zweiten Arm über sie.

Mulan lag stocksteif da. Sie musste Yao irgendwie von sich herunterbekommen. Aber wie? Sie konnte ihre Arme nicht bewegen, und ihn zu wecken konnte sie sich definitiv nicht leisten, denn er durfte sie nicht ohne Rüstung sehen. Das weiße Hemd war vielleicht Verkleidung genug, wenn sie jemand aus der Ferne sah, aber Yao war viel zu nahe an ihr dran – in vielerlei Hinsicht.

Aus dem Augenwinkel sah sie plötzlich eine Feder auftauchen. Sie war schütter und farblos, doch Mulan konnte sehen, wie sie begann, Yao an der Nase zu kitzeln. Ganz vorsichtig hob sie ein wenig den Kopf. Der Phönix stand am Rand der Pritsche und ärgerte Yao mit seiner Schwanzfeder. Der murmelte etwas im Schlaf und versuchte die Feder mit der Hand wegzuwischen, aber der Phönix kitzelte weiter. Da musste Yao niesen. Dabei erwachte er ein wenig, warf sich auf die andere Seite und drehte Mulan den Rücken zu. Seine Hände legte er nun über den Soldaten, der auf der anderen Seite schlief.

Mulan atmete erleichtert auf. Als der Vogel sich hopsend auf den Weg aus dem Zelt machte, sah Mulan ihm hinterher und nickte ihm widerwillig zu. Möglicherweise brauchte sie ihn doch … ein kleines bisschen.

ELF

Diebstahl: Todesstrafe!"

Sergeant Qiangs Stimme dröhnte über den Exerzierplatz, der sich in der Mitte des Ausbildungslagers befand. Der Morgen war für Mulans Geschmack viel zu schnell hereingebrochen. Sie war erst erwacht, als die gellende Stimme des Sergeants alle Soldaten zum Appell nach draußen beorderte. In dem Durcheinander, das folgte, konnte sich Mulan unbemerkt in einen dunklen Winkel des Zeltes schleichen und sich ankleiden. Nun stand sie Schulter an Schulter mit Hunderten weiterer

Rekruten und erfahrener Soldaten, während der Sergeant eine Liste von Regeln mit den dazugehörigen Strafen bei Zuwiderhandeln verlas. Neben Qiang stand Kommandant Tung und ließ den Blick über die versammelten Männer schweifen.

„Desertion: Todesstrafe!“, verkündete Sergeant Qiang weiter.

Die Männer hörten mit düsteren Mienen zu. Selbst Yao wusste, dass nun nicht der Augenblick für Scherze war.

„Frauen in das Lager einzuschleusen oder in anderer Weise mit Frauen zu verkehren: Todesstrafe!“

Mulan hatte Mühe, sich ihre Panik nicht anmerken zu lassen. Sie hatte das Gefühl, als würden sie alle ansehen, obwohl das nicht stimmte. Trotzdem sorgten Sergeant Qiangs Worte dafür, dass ihre Ängste sich nun noch viel realer anfühlten. Sie hatte vorher schon gewusst, dass es Strafen für Frauen beim Militär gab, aber gleich die Todesstrafe? Das schien ihr doch ein wenig … übertrieben.

Als hätte Sergeant Qiang ihre Gedanken gelesen, beendete er seine Rede mit den folgenden Worten: „Strafe für Unehrlichkeit: …“ Hier hielt er kurz inne und ließ sich mit seinem Urteil etwas Zeit. „Unehrenhafte Entlassung aus der Armee. Schande!“

Bei diesen Worten schnappten die Rekruten nach Luft.

Sergeant Qiang nickte. „Schande über euch, über eure Familie und euer Dorf … Schande für euer Land."

An den Gesichtern ringsum erkannte Mulan, dass die Männer genau dasselbe dachten wie sie: Schande war bei Weitem die schlimmere Strafe als der Tod.

Zufrieden, dass er alle Soldaten ein wenig nervös gemacht hatte, schritt Sergeant Qiang nun die vorderste Reihe ab, blieb irgendwann stehen und bohrte seinen Finger in die Brust des nächstbesten Rekruten. „Wir werden aus jedem Einzelnen von euch einen Mann machen!"

Als der Exerzierplatz in Jubelrufe ausbrach, erhob Mulan nur halbherzig die Stimme. Wie konnte man einen Mann aus ihr machen, wenn sie nun mal keiner war? Und schlimmer noch: Wie würde ihre Zukunft aussehen, wenn irgendjemand die Wahrheit herausfand?

Mulan war erschöpft. Nach der morgendlichen „Besprechung" hatte ihre Grundausbildung auf dem Exerzierplatz begonnen. Stundenlang hatten sie und die „anderen" Männer dieselben Nahkampftechniken wieder und wieder geübt. Lediglich mit Armen, Beinen und ihrem Körpergewicht sollten sie lernen, sich mit möglichst geringem Krafteinsatz zu verteidigen. Mulan taten vom vielen Schwingen die Arme weh, und sie war sicher, bei einem besonders ehrgeizigen Fußtritt ein lautes Knacken in ihrer Hüfte gehört zu haben. Aber sie ließ sich von den Schmerzen nicht aufhalten. Während viele der anderen Soldaten schon erschöpft zu Boden gingen, machte Mulan weiter. Sie spürte den Blick von Kommandant Tung und das spornte sie an. Irgendwann war ihr Körper völlig taub und ihre Gliedmaßen bewegten sich nur noch wie eine Marionette an Fäden. Das Gefühl erinnerte sie an zu Hause, wenn sie am Webstuhl immer dieselben Bewegungen vollführte und ihre Gedanken dabei davonflogen.

Jetzt allerdings durfte sie ihre Gedanken nicht schweifen lassen, sie musste sich auf ihre Aufgabe konzentrieren. Sie hatte einen Fehler in ihrer Übung gemacht, und Sergeant Qiang wies sie dafür lautstark zurecht. Eilig wiederholte sie die Bewegung, nur diesmal richtig. Zufrieden ging der Sergeant weiter, um den nächsten Rekruten in der Reihe zu quälen. Es war Honghui.

Mulan warf ihm heimlich einen Blick zu. Trotz der Anstrengung waren seine Bewegungen immer noch kraftvoll und sein Ausdruck zielgerichtet.

Cricket und Longwei machten sich weniger gut. Beide rangen nach Luft, hatten knallrote Gesichter und der Schweiß lief ihnen in Strömen über die Stirn. Eine Welle des Ehrgeizes überkam Mulan und erfüllte ihren schmerzenden Körper mit neuer Energie. Sie würde sich von Honghui nicht so leicht besiegen lassen.

Im Verlauf des Tages durchliefen die Rekruten die verschiedenen Stationen des Ausbildungslagers. Auf dem Schießplatz mussten sie ihre Pfeile auf Ziele aus Weidengeflecht richten, die oben auf einem Hügel aufgestellt worden waren. Auf Befehl des Sergeants legten sie die Pfeile ein und hoben die Bogen. Dann ließen sie die Pfeile in die Luft sausen. Mulan kniff ein Auge zu und nahm ihr Ziel ins Visier. Doch es war vergeblich. Jedes Mal waren ihre Schüsse zu kurz. Zum Glück war sie nicht die Einzige, die Schwierigkeiten hatte. Honghuis Pfeile flogen weit, Po hingegen zerriss immer wieder seine Bogensehne. Nur Cricket stellte sich interessanterweise geschickt an und traf das Ziel genau in der Mitte. Als Mulans und Honghuis beeindruckte Blicke sich trafen, flammte ein wenig Hoffnung in Mulan auf. Vielleicht musste sie doch nicht ewig eine Außenseiterin bleiben.

So ging die Ausbildung auch am Abend und in den darauffolgenden Tagen weiter. Mulan, die immer noch das Duschen mit ihren Kameraden umging, indem sie sich zur Nachtwache meldete, war vor Erschöpfung am Rand des Zusammenbruchs. Doch es gab keine Verschnaufpause. Sobald die Rekruten gelernt hatten, wie man Arme und Beine im Nahkampf einsetzt, drückte man ihnen die Schwerter in die Hand und alles begann von vorn. Sie übten regelmäßig auf dem Schießplatz, wo die Sonne erbarmungslos auf sie herunterbrannte. Und immer noch flogen ihre Pfeile nur in seltenen Fällen geradeaus. Doch das alles war nicht das Schlimmste.

Das Schlimmste war der „Schrein". Tag für Tag, wenn die Sonne den höchsten Punkt am Himmel erreicht hatte und es am heißesten war, bekamen die Rekruten zwei Eimer voll Wasser. Dann mussten sie die schweren, sperrigen Gefäße mit gestreckten Armen bis zur Schulter hochheben und losklettern. Der einzige Weg zum Schrein – ein riesiges Bauwerk, das am höchsten Punkt eines zerklüfteten Felsens errichtet worden war – führte über Hunderte von schmalen Steinstufen.

Tief durchatmend machte sich Mulan auf den Weg nach oben. Die ersten paar Stufen waren machbar. Doch als sie weiterging, begannen ihre Arme zu zittern. Vor ihr und neben ihr gerieten selbst die stärksten Männer ins Stolpern und scheiterten an der Aufgabe. Schon schwappte das Wasser über die Ränder der Eimer und Mulan fühlte, wie ihre Beine immer schwächer wurden, bis sie schließlich aufgeben musste und zu Boden sank. Vor ihr gab sich auch Honghui, der am weitesten von allen gekommen war, geschlagen. Mulan blieb ruhig sitzen und versuchte, ihren Atem zu beruhigen. Sie ärgerte sich über die eigene Schwäche.

Sergeant Qiangs Ruf ertönte und Mulan sah, wie die anderen die Eimer von sich warfen und die wenigen Stufen, die sie erklommen hatten, wieder hinabkletterten. Unten angekommen, stürzten sie auf einen großen Trog mit Wasser zu. Durstig und ungeduldig rempelten sie einander aus dem Weg. Mulan näherte sich mit langsamen Schritten. Sie wartete, bis die anderen getrunken hatten, erst dann trat sie an den Trog, nahm eine Kelle und trank.

Das Wasser war so gut, dass es Mulan nicht leichtfiel, sich ein genussvolles „Ahhh“ zu verkneifen. Sie hatte beim Trinken die Augen geschlossen, und so entging ihr, dass Kommandant Tung sie beobachtet hatte. Inmitten des größten Tumults war sie beherrscht geblieben. Interessiert kniff er die Augen zusammen. Hua Jun war tatsächlich eine Überraschung. Jede Aufgabe hatte er mit Ruhe und Anmut angenommen. Er beschwerte sich nicht ein einziges Mal, und selbst wenn er verlor und entkräftet war, kämpfte er immer weiter. Und während alle anderen Männer sich wie die Tiere verhielten, um ihren Durst als Erste zu stillen, hatte er gewartet und ihnen den Vortritt gelassen. Nur die allerstärksten Anführer besaßen die innere Kraft, zu warten wie er. Der Kommandant nickte zu sich. Er würde Hua Jun weiter im Auge behalten.

„Also für *die* Braut lohnt sich das Kämpfen!"

Crickets Stimme war im gesamten Essbereich zu hören. Als Mulan den chaotischen Raum betrat, suchte sie nach einem sicheren Sitzplatz. Es war nur neben Cricket und einem zweiten jungen Rekruten namens Ling etwas frei, also ging Mulan hin und setzte sich unauffällig, um keine Aufmerksamkeit zu erregen. Als sie schon angefangen hatte zu essen, hielt Ling ein Blatt Papier in die Höhe. Darauf war die Zeichnung einer jungen Frau zu sehen.

„Wir wurden einander vor siebenundzwanzig Tagen versprochen", erzählte er Cricket. „Ihr Name ist Li-Li. Ihre Haut ist weiß wie Milch. Und ihre Finger sind wie die zarten Wurzeln einer Frühlingszwiebel …"

Mulan lachte in sich hinein. Eine Frühlingszwiebel? Sie fragte sich, was besagte Li-Li wohl von diesem Vergleich halten würde.

„Ling ist ein heilloser Romantiker!", rief Cricket, der von Lings Wortwahl offenbar mehr beeindruckt war als Mulan.

Ling lächelte verträumt. „Li-Li ist meine Muse, meine Inspiration", schwärmte er weiter. „Ihre Augen sind wie Tautropfen am Morgen, ihr Haar wie Berge am Horizont, verhüllt von schwarzen Wolken …"

Gerade als Mulan dachte, keine weiteren Vergleiche mehr ertragen zu können, schlug Yao mit der Faust auf den Tisch und unterbrach Ling. „Ich mag Frauen, die was dran haben!", brüllte er und schickte ein lautes Gelächter hinterher. Ringsum gaben die anderen Soldaten ihre Zustimmung kund. „Mit kräftigen, breiten Hüften!"

Mulan erschauderte. So sprachen Männer also über Frauen? Der Gedanke drehte ihr fast den Magen um, noch dazu war ihr nach dem ersten Bissen des ungenießbaren Essens ohnehin schon übel. Sie hätte niemals gedacht, dass Männer so wenig Respekt vor ihren zukünftigen Frauen haben könnten. Ihr war beigebracht worden, von dem Mann, den sie einmal heiraten sollte, stets nur das Beste zu denken und in den besten Worten zu sprechen. Aber hier schien es, als habe einzig der „Romantiker“ unter den Männern genug Manieren, um etwas Nettes über das andere Geschlecht zu sagen. Sogar Cricket, den Mulan bisher als anständigen Mann erlebt hatte, stimmte jetzt mit ein.

„Ich küsse am liebsten Frauen mit kirschroten Lippen“, sagte er in die Runde und erhoffte sich dieselben begeisterten Reaktionen wie bei Yao.

„Dann muss ja deine Mutter kirschrote Lippen haben“, zog Yao ihn auf, „weil sie die einzige Frau ist, die dich je geküsst hat!“ Die anderen Soldaten prusteten los und Yaos Grinsen wurde immer breiter.

„Mir ist egal, wie eine Frau aussieht“, trug Po seinen Teil zu dem Gespräch bei.

Endlich verteidigt einer der Soldaten die Frauen, dachte Mulan und sprang ihm zur Seite. „Ganz meine Meinung!“, rief sie.

Doch als Po weitersprach, bereute sie ihre Reaktion schnell. „Solange sie gut kochen kann!“

Mulan war entsetzt. Sie wandte sich wieder ihrem unappetitlichen Essen zu, als auf einmal ihr Name fiel. „Was ist mit dir, Hua Jun?“, fragte Honghui von der anderen Tischseite herüber. Er hatte die ganze Zeit über ihre Reaktionen auf die Kommentare der Männer beobachtet und versucht, daraus schlau zu werden. Er beschloss, sie herauszufordern. „Sag schon, wie sieht deine Traumfrau aus?"

Lautstark feuerten sie die anderen Soldaten an. „Ja!", riefen sie, „sag schon!"

Mulan war zu Tode erschrocken. Dann kreuzte sie Honghuis herausfordernden Blick und kniff die Augen zusammen. Sie wusste, was er vorhatte. Er wollte sie aus der Reserve locken. Doch das würde sie nicht zulassen. Sie ließ sich mit ihrer Antwort Zeit, doch nach kurzem Überlegen sagte sie mit kontrolliert tiefer, ruhiger Stimme: „Ich glaube, meine Traumfrau muss mutig sein."

Nun wurde es still im Raum. Die Männer sahen einander verwirrt an. Sie schwiegen und waren enttäuscht. Alle, bis auf Honghui. Ihn schien Mulans Antwort neugierig zu machen.

Dickköpfig sprach Mulan weiter, auch wenn sie wusste, dass sie wieder einmal dafür sorgte, aufzufallen. Aber das war ihr jetzt egal. Sie wollte klarstellen, dass Frauen mehr waren, als nur Objekte. „Und sie hat Humor." Einige der Männer lachten. „Außerdem ist sie klug!" Als sie das sagte, lachten auf einmal alle. Außer Honghui.

„Aber wie sieht sie aus?“, drängte Cricket. Mulan schüttelte den Kopf. „Das ist nicht wichtig.“

„Mutig, humorvoll und klug?“, wiederholte Yao. „Hua Jun beschreibt keine Frau, er beschreibt einen *Mann*. Nämlich *mich!*“

Als das Gelächter im Raum aufbrandete, ließ sich Mulan wieder auf den Sitz sinken. Es hatte einfach keinen Zweck. Sie sprach zu einem Haufen Tiere. Doch als sie das nächste Mal den Kopf hob, sah sie überrascht, wie Honghui sie anlächelte und ihr zuzwinkerte. Dann wandte er sich zu Yao um und rief: „Mutig, humorvoll und klug? Nein, das bist nicht du, Yao. Definitiv nicht du.“

Yaos Witz war nun nach hinten losgegangen und alle Aufmerksamkeit glitt von Mulan ab. Da nutzte sie die Gelegenheit und stahl sich aus dem Raum. Doch nicht, ohne Honghui mit einem klitzekleinen Lächeln zu danken.

Mulan ist eine lebhafte junge Frau, die in einem kleinen chinesischen Dorf lebt.

Als Mulan die Heiratsvermittlerin beeindrucken soll, fühlt sie sich absolut fehl am Platz.

Mulans Vater Hua Zhou verlangt von ihr, endlich ihren Platz im Leben zu finden.

Mulan führt das Schwert ihres Vaters.

Mit der gestohlenen Rüstung macht sich Mulan auf den Weg, um anstelle ihres Vaters in die Armee einzutreten.

Die zukünftigen Soldaten warten darauf, im Feldlager aufgenommen zu werden.

Mulan und die anderen Krieger trainieren für die Schlacht.

Beim Abendessen diskutieren die Soldaten über die Eigenschaften einer Traumfrau.

Mulan freundet sich mit einem Mann namens Honghui an.

Honghui und die anderen Soldaten kämpfen mit Übungsspeeren.

Mulan ist wieder mit ihrem Pferd Black Wind vereint, nachdem es gestohlen wurde.

Die Kaiserliche Armee stürmt in den Kampf gegen die Krieger von Böri Khan.

Mulan kehrt ohne Verkleidung in die Schlacht zurück.

Mulan begibt sich in die Hauptstadt, um den Kaiser zu retten.

Der Kaiser ehrt Mulan, nachdem sie ihn vor Böri Khan gerettet hat.

ZWÖLF

Im Lager war es ausnahmsweise still. Mulan saß auf der Kante ihrer Schlafkoje und zog sich die Stiefel an. Die kleinste Anstrengung tat so höllisch weh, dass sie am liebsten aufgeschrien hätte. Und ihre Haut sehnte sich nach einer heißen Dusche. Dennoch hatte sie sich wieder freiwillig für die Nachtwache gemeldet. Es gab keine andere Möglichkeit.

Als sie eben ihre Stiefel zuschnürte, hörte sie, wie jemand auf sie zukam. Es war Honghui. Er lächelte ihr freudig entgegen. Augenblicklich vergaß Mulan ihre wunden Muskeln und ihr Herz schlug etwas schneller. Dieser Honghui hatte etwas sehr Charmantes an sich, was Mulan nervös machte. Warum war er jetzt hier? Sollte sie ihm für vorhin danken, als er ihr zu Hilfe gekommen war? Mulan wusste nicht recht, wie ein „Mann" sich in so einer Situation verhalten würde.

Zum Glück wurde ihr diese Entscheidung abgenommen, denn Honghui kam herüber und warf sich neben ihr auf die Schlafkoje. „Kümmere dich nicht um die", sagte er und verschränkte die Arme hinter dem Kopf. „Vor allem nicht um Yao, diesen Esel."

Mulan erlaubte sich ein kleines Lächeln. Sie wusste nicht so recht, wie es gekommen war, aber irgendwie waren Honghui und sie nun von Feinden zu ... Verbündeten geworden.

„Bist *du* eigentlich schon versprochen?", unterbrach Honghui ihre Gedanken.

Die Frage überraschte Mulan. „Nein", kam es wie aus der Pistole geschossen, doch dann dachte sie, dass ein Heiratsversprechen aus Honghuis Sicht sie vielleicht „männlicher" aussehen ließe. Also fügte sie hinzu: „Ich meine, ja. War ich. Fast. Es hat nicht funktioniert."

„Da hast du Glück", sagte Honghui leise.

Mulan wusste nicht recht, was sie sagen sollte. Meinte Honghui, sie solle froh sein, vermittelt worden zu sein oder darüber, aus der Sache wieder herausgekommen zu sein?

„Ich bin versprochen", beantwortete Honghui Mulans ungestellte Frage. „Und ich hoffe wirklich, dass sie mutig ist. Und humorvoll und klug." Er unterbrach sich und schweifte mit dem Blick ab. Mulan fragte sich, welches Bild ihm gerade durch den Kopf ging. Und dann fügte er hinzu: „Denn sie sieht aus wie ein Mann."

Honghuis Ehrlichkeit überraschte Mulan. Warum erzählte er ihr das alles? Was wollte er von ihr hören? Sie fragte sich, was er wohl sagen würde, wenn er sie sehen könnte, wie sie wirklich war ... Zum Glück war Honghui zu vertieft in seine eigenen Gedanken, um Mulans Gesichtsausdruck zu bemerken.

„Ich meine", sprach er weiter, „ich weiß nicht mal, wie man mit einer Frau *spricht*, wie soll ich dann lernen, wie es ist, mit einer *verheiratet* zu sein?" Zum ersten Mal, seit sie sich begegnet waren, zeigte Honghui Unsicherheit. Mulans Herz, das ohnehin schon begonnen hatte, für den schönen Rekruten zu schlagen, klopfte nun noch ein wenig schneller.

Da wagte Mulan eine Antwort: „Sprich ganz einfach mit ihr, wie du jetzt mit mir sprichst."

„Ich wünschte, es wäre so einfach", sagte Honghui. „Was ... was, wenn sie mich nicht mag?"

Mulan drehte sich zu ihm um und sah ihn zum ersten Mal richtig an. Sein Blick war an die Decke geheftet und seine Brust hob und senkte sich in langsamen, gleichmäßigen Atemzügen. Aber Mulan erkannte, dass er sich ernsthaft Sorgen machte.

„Sie wird dich mögen", sagte Mulan und klang dabei viel mitfühlender, als sie beabsichtigt hatte.

Langsam blickte Honghui zu ihr herüber. Als ihre Blicke sich trafen, sagten sie eine Zeit lang kein Wort. Die Spannung, die zwischen ihnen lag, wurde immer größer.

Mulan räusperte sich, um das Gefühl abzuschütteln. Sie hatte keine Ahnung, was da zwischen ihnen eben passiert war, aber sie wusste, sie musste die Situation bereinigen. „Ich wollte sagen, ich denke schon, dass sie das wird", korrigierte sie und achtete diesmal darauf, jede Emotion aus ihrer Stimme zu verbannen. „Aber bei den Frauen weiß man ja nie so genau", fügte sie mit einem Schulterzucken hinzu und warf Honghui einen verschwörerischen Blick zu.

Honghui sagte dazu nichts, sondern setzte sich nur auf. Dann schwang er die Beine über die Bettkante und rückte näher heran. Instinktiv wich Mulan zurück. Was hatte er vor? Warum kam er ihr immer näher? Wollte er ... war es möglich? Er rückte noch näher. Er hielt die Luft an und einen Augenblick lang war Mulan überzeugt, er würde sie jetzt küssen.

Doch dann schreckte er zurück. „Du solltest wirklich überlegen, die Nachtwache einmal ausfallen zu lassen und stattdessen duschen zu gehen", sagte er. „Du stinkst, Mann." Dann schlug er ihr noch im Aufstehen auf die Schulter und ging.

Mulan stöhnte auf. Honghui hatte recht! Sie stank tatsächlich. Und zwar genauso wie ein Mann.

Etwas hatte sich verändert. Zwischen Mulan und Honghui war eine Freundschaft entstanden. Und da war auch noch etwas anderes, was Mulan nicht recht benennen konnte.

Beim Training zeigte diese neue Verbindung ganz andere Auswirkungen: Es stellte sich ganz klar heraus, sowohl für die Sergeants als auch für die anderen Soldaten, dass Honghui und Mulan unter allen Rekruten das größte Potenzial besaßen. Im Fall von Honghui überraschte das niemanden. Er war der geborene Krieger. Groß, stark und klug. Doch Mulan war eine Überraschung. Sie war zwar nie die Erste oder die Schnellste, aber sie führte ihre Aufgaben immer zu Ende, und stets mit einer stillen Würde, die andere dazu brachte, innezuhalten und ihr zuzusehen. Mit dem Verstreichen der Tage wurde sie auch kräftiger.

Eines Morgens stand Mulan auf dem Exerzierplatz und streckte einen Speer vor sich aus. Die Rekruten hatten die erste Phase ihres Trainings, in der sie nur mit Stöcken kämpften, abgeschlossen und mussten sich nun zu zweit aufstellen, um den Zweikampf mit echten Waffen zu üben. Automatisch bewegten sich Mulan und Honghui aufeinander zu. Dann nickte Sergeant Qiang und sie hoben die Speere.

Der Kampf begann.

Angriff. Block. Angriff. Block. Mulan sah jeden Vorstoß Honghuis bereits voraus und stellte ihm ihren Speer in einem ruhigen, fließenden Rhythmus entgegen, in den sich auch Honghui einfügte. Ihr Kampftempo wurde immer schneller. Mulan wich einem Trittangriff flink aus. Honghui wehrte Mulans Gegenangriff ab. So ging es hin und her in seltsam schönen Bewegungen. Beide begegneten einander mit derselben Intensität und sahen sich dabei unablässig in die Augen.

Ohne bemerkt zu haben, dass die anderen ihre Übungen unterbrochen hatten, um ihnen zuzusehen, griffen Mulan und Honghui einander weiter an. Sie kämpften immer härter, fester und verbissener, denn beide waren fest entschlossen, den anderen ins Wanken zu bringen. Die Soldaten feuerten das Paar an. Kommandant Tung, der in seinem Zelt den Aufruhr hörte, kam heraus und stellte sich neben Sergeant Qiang. Sie tauschten einen vielsagenden Blick aus, dann richtete der Kommandant seine Aufmerksamkeit auf Mulan. Schweiß lief ihr über die Stirn und er sah, wie ihre Schultern zitterten. Dennoch blieb die Konzentration in ihrem Gesicht ungebrochen.

Mulan holte zum Angriff aus, als Honghui einen Moment unaufmerksam war. Sie traf ihn und er taumelte zurück. Kurz sah es so aus, als hätte Mulan die Oberhand gewonnen, doch mit einer einzigen, geschmeidigen Bewegung wirbelte er wieder herum und schlug ihren Speer zu Boden.

Während Honghui beide Arme triumphierend in die Höhe riss und einen Siegesschrei von sich gab, bemerkte er nicht, dass Mulan sich ihren Speer zurückholte. Auch die

Entschlossenheit und neuerliche Konzentration in ihrem Ausdruck entgingen ihm dabei. Kommandant Tung hingegen hatte ihren Blick gesehen und feuerte sie innerlich an.

Mit einem Kampfschrei ging Mulan auf Honghui los. Ihr Angriff war so beherzt wie nie zuvor, sodass Honghui keine andere Chance hatte, als in die Defensive zu gehen, und Mulans wirbelnden Speer mit erhobener Waffe abzublocken. Mit einem schrillen Aufschrei nahm sie Anlauf und sprang auf ihn zu …

Für einen kleinen Augenblick schien es so, als bliebe sie in der Luft stehen, getragen von unsichtbaren Flügeln. Bis sie plötzlich, mit einer Bewegung, die so schnell war, dass man sie mit bloßem Auge kaum noch sehen konnte, ihren Speer niedersausen ließ. Mit einem lauten Knall traf Speer auf Speer. Alle hielten die Luft an, als Honghui die Waffe aus der Hand geschleudert wurde und hoch über den Exerzierplatz wirbelte. Schon brachen die Männer in Jubel aus, doch Mulan sprang noch ein zweites Mal in die Luft, kickte mit einem Fuß nach dem Speer und traf ihn mit solcher Wucht am hinteren Ende, dass er quer über den Platz sauste und sich mit einem dumpfen Geräusch tief in einen Holzpfeiler bohrte.

Mulan landete auf den Füßen und rammte ihren eigenen

Speer in den Boden. Der Jubel der Männer verebbte. Mit offenem Mund standen sie da und blickten zwischen Mulan und Honghui hin und her.

Als Mulan ihren Atem wiedererlangt hatte, fühlte sie, wie das Adrenalin aus ihrem Körper wich. Nach und nach wurde ihr bewusst, dass alle sie anstarrten. Sie erschauderte. Sie hatte zugelassen, dass ihr Siegeswille und ihre verwirrenden Gefühle für Honghui die Kontrolle über sie erlangten. Sie hatte sich gehen lassen und ungewollt die Aufmerksamkeit auf sich gezogen.

Daher murmelte sie eine Entschuldigung in Honghuis Richtung, zog den Kopf ein und eilte fort. Die Männer, die wortlos auf dem Platz zurückgeblieben waren, sahen ihr wie vom Donner gerührt nach und fragten sich, was das wohl gewesen war, was sie gerade miterlebt hatten.

DREIZEHN

Wenn Mulan ihre Augen schloss, sah sie sich durch die Luft wirbeln und spürte das Knirschen der Erde unter den Füßen. Sie sah die unterschiedlichen Reaktionen der anderen Soldaten, manche verblüfft, manche ehrfürchtig und andere irritiert. Doch vor allem verfolgte sie Honghuis Blick. Er hatte überrascht gewirkt. Als hätte er nicht damit gerechnet, dass sie ihn besiegen könnte.

Sie wusste immer noch nicht recht, was da über sie gekommen war. Ihr Körper hatte sich wie von allein bewegt.

Auf einmal schien all das Training der vergangenen Tage ihr in Fleisch und Blut überzugehen. Aber es war mehr als das. Etwas, was sich größer und mächtiger anfühlte. Denn als sie ihren Speer durch die Luft wirbelte, als wäre er nichts weniger als eine Verlängerung ihres Armes, durchströmte sie dasselbe Gefühl wie damals, als sie im Hof ihrer Familie das Huhn gejagt hatte und vom Dach gefallen war. Schon damals hatte sie sich nicht erklären können, was von ihr Besitz ergriffen hatte.

Und das machte ihr Angst.

Nun lag Mulan auf der Pritsche und sehnte sich nach Schlaf. Doch bei jeder kleinsten Bewegung drang ihr der eigene Körpergeruch in die Nase. Es ging nicht anders: Sie musste den Gestank ihres Körpers und des vergangenen Tages abwaschen. Also stand sie auf, schnappte sich frische Kleider und schlich auf Zehenspitzen an den schlafenden Soldaten vorbei.

Im Lager war es still. Alle Soldaten hatten sich zur Nachtruhe in die Zelte zurückgezogen, Mulan konnte sich also frei bewegen.

Mit nahezu geräuschlosen Schritten lief sie über das Gelände auf den kleinen See zu, der sich am anderen Ende des Lagers befand. Ein heller Mond erleuchtete die stille

Wasseroberfläche. Beim Anblick des erfrischenden Wassers packte Mulan die Vorfreude.

Nach einem letzten schnellen Blick über die Schulter, ob auch wirklich niemand sie sah, zog Mulan sich aus, warf ihre alten Kleider auf einen Haufen und ließ sich in das kühle Wasser gleiten.

Es war herrlich. Das Wasser wusch nicht nur den Schmutz ab, der auf ihrer Haut klebte, sondern kühlte auch die schmerzenden Muskeln. Mulan tauchte unter die Oberfläche ab und ließ sich von der Stille umhüllen. Endlich konnte sie wieder einmal nur Mulan sein. Nicht Hua Jun, der sich pausenlos beweisen musste.

Als sie wieder auftauchte, hielt sie die Augen geschlossen und genoss das Gefühl der kühlen Luft auf den Wangen. Ihr Haar, das vom Wasser ganz schwer geworden war, zog an ihrem Kopf. Schon griff sie nach dem Haarknoten, um ihn zu lösen, doch gerade als sie die langen, schwarzen Bänder berührte, schallte eine Stimme über das Wasser.

„Hua Jun!"

Mulan riss die Augen auf und suchte das Ufer ab. Es war Honghui. „Wir müssen reden!", rief er und begann, sich ebenfalls auszuziehen.

Mulan überkam Panik. Schnell versuchte sie, ihren Körper so gut es ging im Wasser zu verbergen und wandte gleichzeitig den Blick von Honghui ab, der seine Kleider flink und ohne Scham ablegte.

„Ich wollte eigentlich allein sein!“, rief Mulan zu ihm hinüber und begann gleichzeitig zu strampeln, um sich weiter von ihm zu entfernen. Verzweifelt sah sie sich nach etwas um, mit dem sie ihren Körper bedecken konnte. Egal was.

Honghui ignorierte ihre Zwischenrufe. Er sprang ins Wasser und schwamm auf sie zu. „Was war das heute für eine Vorstellung?“, fragte er, während seine Arme kraftvoll durch das Wasser glitten. „Du warst unglaublich gut.“

„Ich möchte nicht darüber sprechen“, sagte Mulan und drehte ihm den Rücken zu.

Honghui machte ein paar Meter von ihr entfernt halt. Neugierig sah er zu ihr hinüber. Als Mulan keine Anstalten machte, sich zu ihm umzudrehen, schwamm er einen Bogen um sie herum, um sich mit ihr unterhalten zu können. Doch sie drehte sich wieder weg.

Honghui ließ sie trotzdem nicht vom Haken. „Zeig mir, wie du es gemacht hast. Bring es mir bei.“

Mulan schüttelte den Kopf. „Lass mich allein!“, wiederholte sie, etwas strenger, als sie beabsichtigt hatte. Doch Honghui schien das nicht zu stören.

„Warum?“, fragte er. „Was ist los mit dir? Ich dachte, wir wären Freunde.“

„Ich bin nicht dein Freund!“, rief Mulan so laut, dass ihre Stimme ein Echo über die Wasseroberfläche warf. Sie zuckte zusammen. Sie wusste so gut wie er, dass das nicht stimmte. Sie waren Freunde. Oder zumindest waren sie auf dem besten Weg dorthin. Sie warf einen kurzen Blick über ihre Schulter und sah die Verwirrung in Honghuis Blick. Ihr war bewusst, dass sie ihn verletzte, aber sie tat es nur, um ihn zu beschützen. Er durfte ihr Geheimnis nicht herausfinden. Es hätte für sie beide Schande bedeutet.

Als Mulan nichts sagte, wurde die Stimmung immer angespannter und Honghuis Verwirrung verwandelte sich in blanken Ärger. „Dann sieh mir ins Gesicht und sag es mir“, forderte er. Mulan sagte kein Wort. „Ich werde hier nicht weggehen, bis du mir ins Gesicht gesagt hast, dass wir keine Freunde sind!“

Mulan schluckte. Sie wusste, dass Honghui es ernst meinte. Er würde so lange warten, bis sie sich zu ihm umdrehte.

Was konnte sie nur tun? Doch dann sah Mulan plötzlich etwas Weißes aufblitzen, das über den See heranflog. Es war der Phönix. Er legte die Flügel an und sauste im

Sturzflug auf die Wasseroberfläche zu. Mit einem lauten Platschen tauchte er unmittelbar hinter Honghui ins Wasser.

Erschrocken fuhr Honghui herum. Er versuchte im Dunkeln irgendetwas zu erkennen. Doch der Phönix hatte den schlammigen Boden des Sees aufgewirbelt, sodass man nichts mehr sehen konnte. „Was war das?", fragte Honghui und suchte immer noch nervös die Wasseroberfläche ab. „Da unten ist irgendwas!" Dann riss er erschrocken die Augen auf und schrie los. Der Phönix knabberte an seinen Beinen. Honghui wartete keine Sekunde mehr, um herauszufinden, was ihn gebissen hatte, und schwamm Hals über Kopf ans Ufer zurück. Kaum war er auf dem Trockenen, schnappte er sich seine Kleider und rannte davon, ohne sich noch einmal umzusehen.

Mulan sah ihm nach und seufzte erleichtert. Das war knapp. Sie wollte sich gar nicht ausmalen, was passiert wäre, wenn der Phönix nicht gewesen wäre. Da tauchte der Vogel auch schon vor ihr auf.

Er putzte sich das Gefieder und warf Mulan dabei einen zufriedenen Blick zu, der zu sagen schien: *Das hat echt Spaß gemacht*. Mulan lachte. „Danke", sagte sie von Herzen. Der Vogel zwinkerte ihr noch einmal verschwörerisch zu, bevor er die Flügel ausbreitete und zurück zum Lager flog. Mulan seufzte. Für dieses Mal hatte der Phönix ihr aus der Patsche geholfen, aber was würde sie tun, wenn sie Honghui am Morgen begegnete? Er würde gekränkt sein und das Gefühl würde bald in Zorn umschlagen. Gerade hatte sie begonnen, ein wenig dazuzugehören. Doch dann musste sie ja unbedingt diese lächerliche Nummer mit dem Speer durchziehen, und nun das … Immer schien sie sich selbst im Weg zu stehen. Wieder seufzte sie. Diese Sache hatte sie gehörig vermasselt, und nun würde sie den Preis dafür zahlen.

Als der Weckruf ertönte, hatte Mulan das Gefühl, eben erst eingeschlafen zu sein. Sie ächzte leise und quälte sich aus dem Bett. Ringsum warfen sich die anderen Soldaten in die Rüstungen, schnürten sich die Stiefel und nahmen die restliche Ausrüstung zur Hand. Beim Anblick von Honghui duckte sich Mulan und versuchte, jeden Augenkontakt zu vermeiden.

Doch der Raum war klein, und so war es den beiden fast unmöglich, einander vollständig aus dem Weg zu gehen. Als Mulan auf ihre Stiefel zusteuerte, die mit allen anderen in einer Reihe standen, und sich hinunterbeugte, streifte sie unabsichtlich Honghuis Schulter und erschrak. Eilig wich sie zurück und wollte sich wieder zu ihrem Bett begeben, als Sergeant Qiangs Stimme durch das Zelt schallte.

„Hua Jun!“, brüllte er. Augenblicklich ging Mulan in Habachtstellung und blickte den Sergeant an. „Meldet Euch bei Kommandant Tung!“

Auf dem Weg zum Zeltausgang kreuzte ihr Blick Honghuis. Sie war nicht sicher, aber kurz dachte sie, darin einen Funken Mitgefühl zu erkennen. Doch der Funken war so schnell verschwunden, wie er gekommen war. Danach war sein Blick kalt. Mulan ließ die Schultern sinken. Was hatte sie erwartet? Dass er ihr das kalte Verhalten von gestern Abend plötzlich vergeben würde, nur weil ihr jetzt Unheil drohte?

Mit gesenktem Kopf durchquerte sie das Lager zu Kommandant Tungs Zelt. Sein Rang hätte ihm ein üppigeres Schlafquartier erlaubt, doch der Kommandant bevorzugte es, schlicht und einfach zu wohnen.

Tung saß am Schreibtisch und sah auf, als Mulan das Zelt betrat. Er deutete ihr, näher zu kommen. Er legte sein Schreibgerät beiseite und legte die Hände flach auf den Tisch. Mulan musste sich zusammennehmen, um nicht davonzulaufen.

Schließlich ergriff er das Wort: „Ich habe dich beobachtet, Hua Jun“, begann er. „Du trainierst hart, du hast einen eisernen Willen.“ Er hielt inne, als wollte er seine nächsten Worte und deren Konsequenzen reiflich abwägen. „Doch irgendetwas hält dich zurück. Fast scheint es … du verbirgst irgendetwas.“

Mulan schnappte nach Luft wie ein Fisch ohne Wasser. Was meinte er? Was wusste er? Unsicher stand sie da. Sie fürchtete, dass jeden Augenblick Soldaten ins Zelt stürmen könnten, um sie in Schande abzuführen. „Kommandant …“, begann sie.

Der Kommandant, der nicht ahnte, welchen Eindruck seine Worte auf sie gemacht hatten, hob eine Hand, damit sie schwieg. „Ich habe es in dem Augenblick gespürt, als ich dir zum ersten Mal begegnet bin. Aber nun bin ich ganz sicher“, fuhr Kommandant Tung fort. „Du musst wissen, ich habe auch ein Geheimnis …“ Der Kommandant sah Mulan tief in die Augen. „Ich kenne deinen Vater.“ Als Mulan ein überraschtes Gesicht machte, nickte der Kommandant. „Hua Zhou und ich haben Seite an Seite gekämpft. Er war ein großer Soldat. Und in dir, Hua Jun, erkenne ich den Schatten seines Schwertes. Doch vielleicht lastet dieser Schatten schwer auf deinen Schultern.“

Mulan wagte nicht, dem Kommandanten in die Augen zu sehen und hielt den Kopf gesenkt. Sie wollte nicht, dass er sah, wie gerührt sie war. Er ahnte nicht, wie wahr seine Worte waren, wenn auch nicht aus dem Grund, den er vermutete. Es war die Liebe ihres Vaters, die schwer auf ihr lastete, nicht sein Schatten. Und natürlich die Wahrheit, die sie ihm nicht sagen durfte.

Kommandant Tung, der ihr Schweigen für Zustimmung hielt, sprach weiter: „Du darfst nicht zulassen, dass das Erbe deines Vaters dich zurückhält. Du musst deine Gabe nähren."

Gabe? Mulan hob den Kopf, und Verwirrung trat anstelle ihrer Traurigkeit. „Sir?", fragte sie.

„Dein *Qi*, Hua Jun", antwortete Kommandant Tung. „Es ist stark. Warum willst du es verstecken?"

Wieder war Mulan um die richtigen Worte verlegen. Qi. Die Lebensenergie, von der man glaubte, dass sie jeden Menschen durchdringt. Ihr Vater hatte ihr Geschichten von Kriegern erzählt, die eine stärkere Kraft besaßen als andere. Das Qi machte sie im Kampf schneller und mutiger. Es verlieh ihnen eine solche Macht und Anmut, dass sie im Sprung in der Luft zu schweben schienen, als hätten sie Flügel.

Wollte der Kommandant damit andeuten, dass sie dieses Qi besaß? Es schien ihr unmöglich … Doch noch während sie dastand, spürte sie, wie sich in ihr eine kleine Flamme entzündete. Denn es würde tatsächlich so viel erklären. Den Phönix. Ihren Kampf mit Honghui. Vielleicht, aber nur vielleicht, hatte Kommandant Tung doch recht. Trotzdem konnte sie das Risiko nicht eingehen, irgendetwas Besonderes an sich preiszugeben, denn dann war ihr ganzes Geheimnis in Gefahr.

„Ich … ich weiß nicht", stammelte sie.

Kommandant Tung, der ihre Unsicherheit fühlte, nickte verständnisvoll. „Wir werden es ans Licht holen. Es zum Blühen bringen. Die Wahrheit tut niemals so weh wie die Enthüllung einer Lüge." Dann nickte er und entließ Mulan.

Nachdenklich ging sie nach draußen. Zwar hatte der Kommandant ihr Geheimnis nicht erraten, aber stattdessen schien es, als hätte er etwas entdeckt, was noch viel tiefer in ihr verborgen lag.

VIERZEHN

Das Qi durchdringt das Universum und alle lebenden Wesen.“

Bereits am Morgen nach ihrem Gespräch rief der Kommandant alle Rekruten auf den Exerzierplatz. Er ließ sie im Kreis um sich Aufstellung nehmen und führte ihnen einige sehr langsame, fließende Bewegungen vor. Währenddessen sprach er zu ihnen. Die Rekruten sahen beeindruckt zu, wie der Körper des Kommandanten scheinbar eins wurde mit seiner Waffe. Das Schwert wurde zum verlängerten Arm und seine Beine standen felsenfest auf dem Boden, fast wie die Wurzeln eines Baumes. Nur wenn er sie in die Luft hob, wirkten sie plötzlich federleicht. Auf sein Zeichen begannen Mulan und die anderen Rekruten, seine Bewegungen nachzuahmen.

„Wir alle haben es seit unserer Geburt in uns“, fuhr Kommandant Tung fort. „Doch nur die Entschlossensten verbinden sich im Inneren mit ihrem Qi und werden zu großen Kriegern.“

Mulan war ganz und gar auf ihre Aufgabe konzentriert und ihr Körper bewegte sich wie von allein. Sie ließ die Stimme des Kommandanten auf sich wirken wie das kühle Wasser des Sees, mit derselben wohltuenden Wirkung. „Still wie ein Wald“, sagte er, „doch glühend im Kern.“

Wieder und wieder vollführte Mulan die schlichten Bewegungen. Sie übte den ganzen Nachmittag weiter, und auch später, während sie auf ihrem Wachposten war. Als ihre Schicht vorüber war, ging sie hinunter zum Seeufer, wo sie sich im Licht des Mondes bewegte. Mit jedem Schwertstreich fühlte sie, wie ihr Qi stärker wurde. Es blühte auf wie die Blätter des Magnolienbaumes, der dort am Ufer des Sees stand.

An den folgenden Tagen wurde die Ausbildung der Rekruten immer intensiver. Erst war es eine kaum wahrnehmbare Veränderung, mit je ein paar Minuten mehr am Anfang und am Ende jeder Trainingseinheit. Wenn er seine Befehle rief, klang Sergeant Qiangs Ton nun etwas bissiger, fordernder. Die Anspannung stieg, als klar wurde, dass sie nicht mehr für einen potenziellen Kampf trainierten, sondern für einen echten.

„Die Armee der feindlichen Rouran ist gigantisch", berichtete Qiang, während Mulan und die anderen ihre Bewegungsabläufe im Nahkampf durchliefen. „Sie sind erbarmungslos und unberechenbar. Doch körperliche Stärke muss nicht mit Kraft aufgewogen werden. Der wahre Krieger lässt die rohe Gewalt an sich herankommen und leitet sie dann für sich um." Als er an Mulan vorbeischritt, blieb er stehen. Sie hatte den Blick nach vorn gerichtet und ließ nicht zu, dass er sie einschüchterte.

Seit dem Gespräch mit Kommandant Tung hatte Mulan an nichts anderes gedacht als an ihr Qi. Der Gedanke zehrte sie auf. Und gleichzeitig befeuerte er sie. Er trieb sie an. Ihr war klar geworden, dass sie es ihrem Vater schuldig war, als Kriegerin das Allerbeste aus sich herauszuholen. Andernfalls wäre alles, was sie getan hatte, umsonst gewesen. Also übte sie. Tag für Tag und Nacht für Nacht. Und mit jedem Mal wuchs ihre Kraft.

Mulans regelmäßiges Training und ihre Zielstrebigkeit blieben nicht unbemerkt. Kommandant Tungs und Sergeant Qiangs Blicke folgten ihr öfter als den anderen. Doch diese Tatsache schüchterte sie nicht mehr ein. Sie war von einem neuen Mut und einer Kraft erfüllt, die sie zuvor nicht gekannt hatte.

Doch da war noch eine letzte Prüfung, der sie sich stellen musste.

„Vier Unzen bewegen tausend Pfund", sagte der Sergeant, als Mulan und ihre Kameraden sich wieder einmal den steilen Stufen, die zum Schrein führten, näherten. Sie blieben davor stehen und alle Augen blickten den Berg empor, den sie bezwingen sollten. Neben Mulan standen bereits zwei Eimer, die bis zum Rand mit Wasser gefüllt waren. Die ersten Soldaten hatten ihre Eimer schon aufgenommen und kämpften sich die Stufen hinauf. Mulan wartete. Noch einmal hallten Sergeant Qiangs Worte in ihrem Kopf nach. „Vier Unzen bewegen tausend Pfund …", flüsterte sie. Dann schloss sie die Augen und sammelte sich. Sie fühlte, wie die mittlerweile vertraute Welle der Energie sie durchströmte, als sie mit ihrem Qi in Verbindung trat. Das

Ächzen und Stöhnen der anderen Männer verebbte. Alles, was sie nun noch fühlte, war ein sanfter Windhauch auf den Wangen. Mit geschlossenen Augen beschwor sie das Bild des Schreines am Gipfel des Berges herauf. Sie rief sich das Gefühl der inneren Ruhe ins Gedächtnis, das sie unter dem Magnolienbaum gespürt hatte. Diesen Energiefluss nutzte sie nun und öffnete die Augen.

Sie bückte sich, umfasste die Griffe der Eimer und hob sie hoch. Dank des regelmäßigen Krafttrainings fühlten sie sich jetzt leichter an als bei den ersten Versuchen. Doch sie wusste auch, dass die Schwierigkeit nicht in den ersten Stufen lag, sondern in der Ausdauer, um es bis ganz nach oben zu schaffen. Stufe für Stufe kletterte sie weiter hoch.

Vor ihr verlangsamten sich die Schritte der anderen Rekruten. Einer nach dem anderen begann zu stolpern. Cricket war der Erste, der mit tränenüberströmtem Gesicht auf die Stufen sank. Dann warf Po seine Eimer beiseite und legte sich einfach hin. Er war geschlagen. Yao war der Nächste. Wütend schleuderte er seine Eimer gegen den Stein, sodass das Holz daran zersplitterte.

Aber Mulan machte weiter. Sie ging mit stetigen Schritten und ruhigen Schultern. Das Wasser in den Eimern schwappte nicht über den Rand, sondern lag reglos darin.

Mit jedem Schritt fühlte sie sich stärker. Die Konzentration wich ihr niemals aus dem Gesicht, selbst wenn sie an den gescheiterten Kameraden vorüberging.

Bald war außer ihr nur noch ein einziger Rekrut übrig: Honghui. Er ging nur wenige Schritte vor ihr. Seine Stirn war mit Schweißperlen bedeckt und seine Eimer sanken immer tiefer. Er ging mit schweren Schritten und atmete ruckartig. Sein Ausdruck war konzentriert wie Mulans, doch langsam schlichen sich Zweifel darin ein.

Mulan bekam davon nichts mit. Sie bewegte sich immer weiter. Stufe für Stufe, höher und höher hinauf. Ihre Kraft wuchs immer weiter an, bis sie irgendwann Honghui einholte und an ihm vorüberging. Sie fühlte seinen Blick im Rücken, doch sie kümmerte sich nicht darum, denn ihr Geist war in einer tieferen Sphäre versunken. Gedanken an ihren Vater, ihre Mutter und ihre Schwester trieben sie voran. Sie dachte sogar an den Phönix, der so untrennbar mit ihr verbunden war.

Hinter Mulan sank Honghui zu Boden. Nun war nur noch Mulan übrig. Unter den Blicken von Honghui, Kommandant Tung, Sergeant Qiang und allen anderen schritt Mulan voran. Schritt für Schritt und immer höher …

Bis sie irgendwann oben angekommen war.

Lange Zeit stand Mulan einfach nur da. Ihre Brust hob und senkte sich in regelmäßigen Abständen. Als sie sich umdrehte, weitete sich überrascht ihr Blick: Vom Gipfel des Schreines tat sich ringsum ein wundervoller Blick ins Tal auf. Unweit von ihr saß auf einer Statue der Phönix. Als Mulan ihn ansah, spreizte er die Federn und stieß einen triumphierenden Ruf aus.

Ein Gefühl von Stolz durchströmte Mulan. Sie hatte es geschafft! Sie, ein Mädchen aus einem winzigen Dorf, hatte etwas vollbracht, was keiner der Männer zustande gebracht hatte.

Sie wandte sich wieder um und sah die Männer an, die sich unten versammelt hatten. Erst jetzt, als sie die teils bewundernden und teils erstaunten Blicke sah, erlaubte sie sich ein Lächeln.

Kommandant Tung war verblüfft. Hua Jun hatte es geschafft. Er hatte den Schrein erobert. In all den Jahren, in denen er nun schon Soldaten ausbildete, hatte er nur eine Handvoll Männer miterlebt, die dieser Aufgabe gewachsen gewesen waren. Und kein Einziger von ihnen hatte dabei solche Anmut und Zielstrebigkeit gezeigt wie Hua Jun. Er wandte sich vom Tempel ab und ging auf sein Zelt zu. Sergeant Qiang folgte ihm.

„Hua Jun ist ein wahrer Anführer", stellte der Sergeant fest. Auch er war beeindruckt vom Erfolg des Soldaten.

Kommandant Tung nickte. „Ja. Er hat denselben Charakter wie sein Vater – ein geborener Krieger." Doch sein Ausdruck verriet Besorgnis. „Und doch spüre ich etwas, was ihn immer noch zurückhält."

„Vielleicht kann er dieses Hindernis mit der Zeit überwinden", räumte Sergeant Qiang ein.

Der Kommandant blieb stehen und blickte seinem Stellvertreter fest in die Augen. „Wir haben aber keine Zeit mehr. Der Feind rückt immer näher. Wir werden bei Tagesanbruch losmarschieren."

Mehr musste er nicht sagen. Sergeant Qiang nickte ihm zu und begab sich auf den Exerzierplatz, um die Soldaten zusammenzurufen.

Als alle Rekruten Aufstellung genommen hatten, sprach Kommandant Tung zu ihnen.

„Unsere Ausbildung ist noch nicht abgeschlossen", sagte er. „Doch wir leben in Zeiten des Krieges. Wir müssen gehen, wenn der Wind sich dreht." Er unterbrach sich, um sicherzugehen, dass alle Aufmerksamkeit auf ihn gerichtet war. Dann sprach er weiter: „Wir werden morgen aufbrechen, um die Berggarnison zu verteidigen."

Die Reaktionen ließen nicht lange auf sich warten. Überraschung, Aufregung und Angst griffen bei den Männern um sich. Ein Murmeln und Flüstern brandete auf. Dies war der Moment, auf den sie alle gewartet hatten – und den sie alle fürchteten. Ganz hinten stand Mulan mit bleichem Gesicht. All die Energie, die sie eben noch gespürt hatte, war gewichen. Denn es war eine Sache, eine Übung zu absolvieren, und etwas völlig anderes, in eine echte Schlacht zu ziehen.

Kommandant Tung hob die Hand. Wieder kehrte Ruhe ein. „Ihr werdet nun den Kriegereid ablegen und den drei Säulen der Tugend eure Treue geloben." Der Kommandant zog sein Schwert.

Mulan staunte, als sie feststellte, dass es das gleiche Schwert war, wie das ihres Vaters. Kommandant Tung, der ihren Blick bemerkt hatte, sah zu ihr herüber und nickte ihr kaum merklich zu. „Wenn auch nur eine dieser Tugenden fehlt, ist euer Qi geschwächt."

Ein zukünftiger Krieger nach dem anderen zog sein Schwert und streckte es vor sich in die Höhe. Als Mulan ihr Schwert hochhob, glitzerte dessen Inschrift in der Sonne. Sie las die eingravierten Worte, während Tung sie vor ihnen laut aussprach. „Treu!", rief er.

Alle Soldaten, auch Mulan, gaben den Schwur wie ein Echo zurück.

„Mutig!“ Erneut wiederholten die Soldaten den Ruf des Kommandanten.

Beim Anblick des nächsten Wortes erschauderte Mulan. „Aufrichtig!“

Stolz und ehrlich bewegt brüllten alle anderen Soldaten den letzten Schwur zum Kommandanten zurück. Doch Mulan schwieg. Wie konnte sie Ehrlichkeit geloben, wenn ihr ganzes Soldatenleben auf einer Lüge aufbaute?

FÜNFZEHN

Am nächsten Morgen, als sie das Ausbildungslager in Richtung Berggarnison verließen, war Mulan immer noch völlig durcheinander. Die Unehrlichkeit wog schwerer als alles Gepäck. Sie hatte das Gefühl, jetzt die Wahrheit sagen zu müssen. Diese Männer waren zu Freunden geworden, und Kommandant Tung und Sergeant Qiang ihre Lehrmeister. Mit ihrer Lüge hinterging sie jeden Einzelnen von ihnen, und um dem Kampf ihre ganze Aufmerksamkeit widmen zu können, brauchte sie einen klaren Kopf. Trotzdem war sie unsicher.

Sie sah nach vorn, wo Honghui mit aufrechtem Gang und klarem Blick voranschritt. Welchen Rat würde er ihr geben, wenn sie ihn fragte? Dann fiel ihr der Phönix ein. Würden ihre Vorfahren wollen, dass sie preisgab, wer sie wirklich war? Oder würden sie wollen, dass sie mit einer Lüge weiterlebte? Als die Soldaten anhielten, um ihr Nachtlager aufzubauen, hatte Mulan ihre Entscheidung getroffen.

Sie begab sich zum Zelt des Kommandanten. Sie holte tief Luft und sammelte sich. „Kommandant Tung?“, sagte sie, um sich anzukündigen. „Ich bin es, Hua Jun.“

„Tritt ein, Hua Jun“, antwortete Kommandant Tung kurz.

Als sie das Zelt betreten hatte, nickte Mulan ihrem Vorgesetzten zu. Er war eben damit beschäftigt, mit lang gezogenen, geschmeidigen Bewegungen die Klinge seines Schwertes zu schärfen.

„Kommandant Tung“, begann Mulan, „da ist etwas, was schwer auf meiner Seele lastet. Ich muss mich Euch anvertrauen.“ Als der Kommandant zu ihr hochsah, schluckte sie. Mehrmals setzte sie dazu an, weiterzusprechen, und rang damit, die richtigen Worte zu finden. „Es hat mit den drei Tugenden zu tun …“ Weiter kam sie nicht.

Kommandant Tung beobachtete, wie sie mit sich kämpfte.

Und zu ihrer Überraschung erkannte sie Mitgefühl in seinem Blick. Er stand auf und kam auf Mulan zu. „Es ist keine Schande, vor einer Schlacht Furcht zu empfinden", sagte er in der Annahme, dass es bei ihrem Besuch darum ginge. „Tatsächlich zeugt es von deiner Aufrichtigkeit, diese Zweifel einzugestehen."

Seine Worte waren wie Messerstiche in Mulans gequältes Gewissen. Aufrichtigkeit? Sie war gekommen, um ihm zu beichten, wie unaufrichtig sie gewesen war. Sie schüttelte den Kopf und versuchte, die Unterhaltung wieder an den Anfang zu lenken, damit sie sagen konnte, wozu sie gekommen war. „Ja, Kommandant", sagte sie, „aber die anderen Tugenden ..."

Kommandant Tung unterbrach sie mit ernster Stimme: „Hua Jun, ich mache das hier schon lange genug. Meine Karriere verdanke ich meiner Fähigkeit, Menschen einzuschätzen. Du bist ein guter Mann. Möglicherweise wirst du mich eines Tages in mein Dorf begleiten, wo ich dich meiner Tochter vorstelle."

Seiner *Tochter?* Mulan war wie vom Donner gerührt. Mit diesen Worten hatte sie als Allerletztes gerechnet.

„Und unserer Heiratsvermittlerin, selbstverständlich", fügte Kommandant Tung hinzu.

Mulans Knie gaben nach, als ihr klar wurde, was der Kommandant damit andeuten wollte. Sie hatte keine Ahnung, was sie darauf antworten sollte, also verbeugte sie sich nur. Sie hatte keine andere Wahl, als zu nicken und zu sagen: „Es wäre mir eine große Ehre, Kommandant."

Mit einem Ausdruck der Erleichterung im Gesicht lächelte der Kommandant. Mulan erkannte, dass es ihn seltsam nervös gemacht hatte, diese Worte vor ihr auszusprechen. Für Mulan machten sie die Lüge, die sie ihm auftischte, noch schändlicher. Sie war gekommen, um ihm die Wahrheit zu sagen, doch nun steckte sie noch tiefer in dem Sumpf, den ihre Lüge verursacht hatte.

„Ich freue mich auf das überraschte Gesicht deines Vaters, wenn du ihm die gute Nachricht überbringst", schloss der Kommandant die Unterhaltung.

Als Mulan das Zelt verlassen hatte, atmete sie zitternd aus. Nur ein paar Schritte entfernt stand der Phönix. Er hatte das ganze Gespräch mit angehört und warf Mulan nun einen Blick zu, der nichts anderes bedeuten konnte als: *Im Ernst jetzt?*

„Ja, was hätte ich denn tun sollen?", flüsterte Mulan.

Wieder sah der Phönix sie scharf an. Auch diesmal war

klar, was er ihr sagen wollte: *Vielleicht nicht einwilligen, eine Frau zu heiraten?*

„Danke *vielmals* für dein Verständnis“, sagte Mulan, jetzt etwas lauter und ohne den sarkastischen Unterton verbergen zu wollen.

Doch im Grunde hatte der Phönix recht. Sie hätte nicht Ja sagen sollen. Sie hätte die Wahrheit sagen sollen, wie sie es geplant hatte. Stattdessen hatte sie die Lüge weiter für sich behalten. Schlimmer konnte es nicht mehr werden.

Zum Glück hatte Mulan keine Zeit, um sich mit ihrer zunehmend chaotischen Situation auseinanderzusetzen. Als sie in ihr Zelt zurückgekehrt war, blieben ihr nur wenige Stunden ruhelosen Schlafes, bevor die Soldaten erneut geweckt wurden und weiterziehen mussten.

Sie marschierten durch eine trockene Steppe, deren Boden nur von niedrigen Büschen bedeckt war und ihnen kaum Schutz vor den Naturgewalten oder den Blicken des Feindes bot. Wenn Mulan über die öde Landschaft sah, fühlten sich ihre Gedanken ähnlich ausgedörrt an, wie die Natur ringsum. Nach mehreren Stunden Marsch stieg der Boden unter ihren Füßen an und das Gestrüpp wich einem felsigen Untergrund. In der Ferne tauchten die Umrisse der Berggarnison auf, die auf einer Seite durch die aufragenden Berge geschützt war, an der Vorderseite jedoch völlig offen dalag.

Als sie am Eingang der Stadt angekommen waren, hielt Kommandant Tung an. Mulan und die anderen Soldaten warteten hinter ihm, bis die hölzernen Tore geöffnet wurden. Dahinter tauchte das Bild einer Garnison auf, die sich kaum von anderen im Kaiserreich unterschied: Es gab ein paar nicht allzu große Häuser, aber zahlreiche Händler, die ihre Waren feilboten. Es ging recht betriebsam zu, aber nicht übermäßig hektisch. In einem Winkel entdeckte Mulan eine Taverne. Und dann riss sie auf einmal die Augen auf und schrie freudig: „Black Wind!"

Mulan stürmte auf die Taverne zu, vor der ihr Pferd angebunden war. Als es ihre Stimme hörte, wieherte es vor Freude und zerrte an den Zügeln, um sich loszureißen. Mulan warf ihm die Arme um den Hals und sog seinen vertrauten, beruhigenden Geruch ein. Irgendwann löste sie sich von ihm und blickte zur Tavernentür. Ihre Augen verengten sich zu schmalen Schlitzen. Sie wusste genau, wen sie drinnen vorfinden würde.

Sie klopfte Black Wind noch einmal auf den Hals und

versprach, gleich wiederzukommen, dann stürmte sie in die Taverne. Sie erkannte Skatch und Ramtish sofort. Sie saßen an einem Tisch und studierten eine Landkarte. Ihre Roben und Bärte sahen noch schmutziger aus als damals, als sie sich zuletzt gesehen hatten. Mulan trat bestimmt auf sie zu. Ramtish sah sie zuerst und begann nervös auf seinem Stuhl herumzurutschen. Das machte Mulan nur noch wütender.

„Erinnerst du dich an diesen Jungen, an den Rekruten …“, hörte sie ihn zu Skatch sagen.

Der andere Mann nickte. „Ja, Hua Jun“, antwortete der.

„Weißt du noch, was du ihm beigebracht hast? Wie man seinen Mann steht, einen Raum betritt, als würde er einem gehören …?“, sagte Ramtish. Skatch murmelte zustimmend, blieb aber weiter in seine Karte vertieft. Ramtish sprach weiter: „Die Geschichte mit der Schwertspitze und so?“

„Ja, na und?“, erwiderte Skatch, der sich über die ständige Ablenkung ärgerte.

„Er hat seine Lektion gut gelernt“, schloss Ramtish.

Skatch sah auf … und starrte direkt in die funkelnden Augen von Mulan. „Hua Jun!“, rief er aus, während er mit einem verlegenen Lächeln im Gesicht auf die Beine sprang.

Mulan lächelte nicht zurück. Honghui, Yao, Po, Ling

und Cricket betraten eben das Lokal, als Mulan in die Höhe sprang und Skatch mit beiden Beinen einen harten Stoß versetzte. Er fiel nach hinten um und landete mit einem Knall auf dem Boden. Beim Aufprall löste sich sein falscher Bart und hing ihm schief vom Kinn. Mulan ließ ihn liegen und widmete sich nun Ramtish, der augenblicklich die Hände hochriss.

„Nicht das Gesicht", flehte er.

Doch Mulan ließ ihn nicht aussprechen. Wieder sprang sie hoch und wirbelte einmal um die eigene Achse, bevor sie Ramtish in die Brust kickte. Sein Bart flog in weitem Bogen durch die Luft und landete mitten auf einem anderen Tisch, dessen Gäste verdutzt zusahen.

Als die beiden Diebe sie ebenso verblüfft wie angsterfüllt ansahen, machte Mulan auf dem Absatz kehrt und verließ die Taverne. Sie hörte noch, wie hinter ihr die anderen Soldaten Skatch und Ramtish auflasen. Dann machte sie sich auf die Suche nach Kommandant Tung. Bis sie ihn aufgespürt hatte, waren die zwei falschen Mönche bereits in Fesseln gelegt worden und die Sonne ging hinter dem Hauptplatz der Garnison unter.

„Berichte uns von dem Vorfall, Hua Jun", befahl Kommandant Tung. Neben ihm stand der Oberbefehlshaber der

Garnison. Sergeant Qiang und die anderen Soldaten warteten wenige Meter entfernt und hörten neugierig zu.

Mulan trat vor. „Ich traf diese beiden Banditen auf dem Weg zum Ausbildungslager“, erklärte sie und warf den beiden einen abschätzigen Blick zu. „Sie boten mir Speis und Trank an und …“ An dieser Stelle unterbrach sie sich, ihre Stimme wurde unsicher. Sie wollte nicht recht zugeben, dass die beiden ihr weisgemacht hatten, sie wären Mönche, und, was schlimmer war, sie zum Trinken überredet hatten. Man würde sie für schwach halten und sich über sie lustig machen. „Und …“, stammelte sie weiter.

Überaschenderweise kam ihr Skatch zu Hilfe. „Hua Jun erwies uns den großen Gefallen“, sagte er und sah durch sein Haar, das ihm über die Augen fiel, zu ihr hoch. „Er bot uns einen Platz an seinem Lagerfeuer an, doch im Gegenzug missbrauchten wir sein Vertrauen.“

Mulan war überrascht. Skatch half ihr dabei, ihre Ehre zu verteidigen. Aber wieso? Was hatte er davon? Sie sah ihn an und fragte sich, was er wohl als Nächstes sagen würde.

„Ja, das ist die traurige Wahrheit“, sprach er weiter. „Wir sind keine Mönche. Wir sind Wegelagerer. Die Berufswahl mag euch als eigentümlich erscheinen, doch es ist in Wirklichkeit eine altehrwürdige Zunft. Wir Banditen sind ein unverzichtbarer Teil der Seidenstraße. Ohne uns würde dieses komplexe Handelskonstrukt unweigerlich in sich zusammenstürzen."

Unglaublich, sagte Mulan zu sich. Irgendwie gelang es Skatch, sein Dasein als Dieb, als ein ehrbares Gewerbe hinzustellen. Sie sah zu Kommandant Tung und erkannte an seinem ungläubigen Ausdruck, dass auch er ihm das nicht ganz abnahm.

Ramtish nickte. „Und wenn ich noch hinzufügen dürfte, Kommandant, wir hätten dem jungen Mann auch das Schwert abnehmen können, aber ich für meinen Teil dachte, das wäre nicht richtig."

Mulan hätte beinahe laut herausgelacht. Sie bezweifelte stark, dass das so stimmte. Natürlich kannte sie diese Männer nicht besonders gut, doch sie hätte viel Geld darauf gewettet, dass Skatch derjenige gewesen war, der ihr das Schwert dagelassen hatte.

Als er merkte, dass der Kommandant langsam die Geduld verlor, fuhr Skatch mit ihrer Verteidigung fort. „Wenn also Hua Jun die übergroße Güte aufbringen könnte, uns zu verzeihen, und dem weisen Kommandanten somit nichts mehr im Wege stünde, um uns zu begnadigen, könnten wir damit fortfahren, die Fesseln zu lösen …"

Der Kommandant hatte genug gehört. Er hob die Hand, um Skatch zum Schweigen zu bringen. Er gab Sergeant Qiang ein Zeichen, zu ihm zu kommen. „Welche Strafe steht auf das Stehlen eines Pferdes in Kriegszeiten, Sergeant?“, fragte er.

„Die Todesstrafe“, erwiderte Qiang.

Die nun bartlosen Gesichter von Skatch und Ramtish wurden blass. Mulan erschrak.

„Hua Jun“, rief Kommandant Tung, „haben diese beiden Schurken dein Pferd gestohlen?“

Mulan zögerte einen Moment, doch dann nickte sie und sagte: „Ja.“

Sie wollte noch mehr sagen, wurde aber vom Ruf eines herbeieilenden Soldaten unterbrochen: „Kundschafter sind am Tor eingetroffen!“ Kurz darauf schwangen die großen Türflügel auf und zwei Männer kamen hereingaloppiert. Ihre Pferde waren schweißgebadet und ihre Gesichter kreidebleich. Sie sprangen vom Pferd und eilten zum Kommandanten.

„Böri Khan hat seine Truppen keinen halben Tagesritt von hier versammelt“, berichtete der erste Kundschafter. „Sie bereiten sich auf den Angriff vor. Die Zahl ihrer Streitkräfte übersteigt die unsere bei Weitem.“

Sofort brach Gemurmel unter den Soldaten aus.

Der Oberbefehlshaber der Garnison wandte sich an die Wachen oben am Tor und befahl: „Befestigt die Stadt für eine Belagerung!“ In seiner Stimme lag Angst und die Männer ringsum wurden nervös.

Kommandant Tung, der neben ihm stand, blieb jedoch ruhig. Noch einmal hob er die Hand. Augenblicklich kehrte unter den Soldaten der Garnison wieder Ruhe ein. „Wir werden dort auftauchen, wo der Feind nicht mit uns rechnet. Denn die Seite, die sich zuerst bewegt, kontrolliert den Feind.“ Dann schwieg er und ließ den Blick über seine Soldaten schweifen, doch am längsten blieb er bei Mulan haften. Schließlich wandte er sich erneut an Sergeant Qiang. „Bereitet die Männer vor“, befahl er.

Die Soldaten verloren keine Zeit und begannen sich auf den Kampfeinsatz vorzubereiten.

Nur der Sergeant zögerte noch. Mulan sah, wie er mit dem Kinn auf Skatch und Ramtish deutete, die in ihren Fesseln nun verlassen dastanden. „Kommandant Tung, die Banditen?“, hakte er nach.

Der Kommandant nahm die Frage kaum wahr, so beschäftigt war er mit den neuesten Entwicklungen. Aber Mulan hörte sie. Außerdem sah sie nun einen Weg, die beiden vor der Todesstrafe zu bewahren. Sie mochte sie zwar nicht, wollte aber nicht ihren Tod zu verantworten haben. Also trat sie vor und sprach Kommandant Tung an. „Wenn Ihr erlaubt, Kommandant …“, begann sie. Er nickte, dass sie fortfahren durfte. „Aufgrund der Tatsache, dass wir zahlenmäßig weit unterlegen sind, können diese mit einem gesunden Körper gesegneten Schurken uns vielleicht von Nutzen sein?“

Kommandant Tung wirkte erst überrascht, doch dann nickte er zustimmend. „Guter Gedanke. Wenn sie auf dem Schlachtfeld fallen, haben sie uns zumindest einen Dienst erwiesen. Bewaffnet sie.“ Nachdem der Befehl erteilt war, entfernte sich der Kommandant. Zwei Soldaten befreiten Skatch und Ramtish von ihren Fesseln. Doch beide wirkten über ihre plötzliche Freilassung eher erschüttert als froh.

„Bewaffnet sie?“, wiederholte Skatch Kommandant Tungs Worte. „Was soll das heißen?“

„Sollen *wir* etwa … gegen die … Rouran kämpfen?“, schlotterte Ramtish vor Schreck. Er schüttelte den Kopf und versuchte verzweifelt, sich die Fesseln wieder anzulegen.

„Dürfte ich vorschlagen, dass wir noch einmal alle Optionen erörtern, bevor wir eine so überstürzte Entscheidung treffen?“, schlug Skatch den Soldaten vor.

„Sicherlich können wir auch auf andere Weise behilflich sein", fügte Ramtish hinzu. „Tja also, wir könnten …" Er dachte krampfhaft nach, was das sein könnte. „Den Pferdemist aufsammeln!"

„Genau!", sprang Skatch auf den Zug auf. „Die Überproduktion von organischem Dünger ist ein Problem, das viel zu lange ignoriert worden ist!"

Jetzt hatte Mulan die Nase voll. „Genug!", rief sie. Überraschenderweise hörten beide Männer sofort auf zu plappern. „Ihr habt mich geschützt, nun habe ich euch geschützt." Sie zückte das Schwert. „Ihr wollt doch nicht, dass ich es bereue." Mit diesen Worten machte sie kehrt und begab sich zu den anderen. Während sie sich entfernte, spürte sie Skatchs anerkennenden Blick und verkniff sich ein Lächeln. Klar, die beiden waren widerwärtige Gesellen, doch sie waren keine bösen Menschen. Sie verdienten es nicht, in Fesseln zu sterben. Davor hatte sie sie bewahrt. Nun mussten sie ihre Hinterlist nur noch dazu nutzen, nicht auf dem Schlachtfeld umzukommen.

SECHZEHN

Auch im Lager der Rouran bereitete man sich auf den Kampf vor. Schwerter wurden geschärft und Bogen gespannt. Böri Khan traf seine eigenen Vorbereitungen. Er entblößte seinen Oberkörper und wusch sich. Es war ein Ritual, das ihm dabei half, sich sowohl geistig als auch körperlich für die bevorstehende Schlacht zu rüsten.

Khan war zufrieden. Seine Armee war gewachsen, sodass nun Hunderte Soldaten in unzähligen Jurten die raue umliegende Landschaft bevölkerten.

Nun mussten sie nur noch die Herrschaft über das Kaiserreich an sich reißen.

Als er das vertraute Kreischen eines Falken hörte, drehte Böri Khan sich um. Er sah zu, wie der Vogel in sein Zelt geflogen kam und sich verwandelte. Flügel wurden zu Armen und Klauen zu Füßen, bis schließlich Xianniang vor ihm stand.

„Gibt es Neuigkeiten von der Garnison?“, fragte Böri Khan, ohne seine Waschung zu unterbrechen.

Die Hexe nickte. Sie hatte fast die ganze Nacht dort patrouilliert und sah verärgert aus, weil er sich nicht einmal zu ihr umdrehte. „Neue Soldaten“, berichtete sie. „Kinder. Die Garnison wird fallen. Noch bevor der Neumond steigt, werdet Ihr das Kaiserreich einnehmen. Ihr bekommt Eure Rache. Wenn wir unseren Plan weiterführen.“

Jetzt unterbrach Böri Kahn sein Ritual und sah ihr in die Augen. Ihr aufsässiger Ton gefiel ihm nicht. „Was gefährdet unseren Plan?“, fragte er drohend und machte einen Schritt auf die Hexe zu.

„Ich muss Euch vertrauen können“, sagte Xianniang kühl. Sie ließ sich von Böri Khans massigem Körper nicht einschüchtern, sondern richtete sich nur etwas gerader auf, als wollte sie sich mit ihm messen.

„Du kannst mir nicht vertrauen“, erwiderte er und empfand einen Anflug hämischer Freude, als er die Überraschung in Xianniangs Ausdruck bemerkte. „Aber du hast keine Wahl. Als ich dich damals in der Graswüste fand, warst du eine Vertriebene. Ein geprügelter Hund. Deine Kräfte waren ohne mich *völlig* wertlos.“ Seine Worte hingen schwer im Raum. Er sah auf Xianniang hinab und wartete auf eine Antwort.

Plötzlich fuhr Xianniang ihre Krallen aus und packte ihn am Hals. „Ich könnte Euch im Handumdrehen in Stücke reißen“, zischte sie.

Böri Khan spürte, wie sich ihre Krallen in seine Haut bohrten, und sah den Zorn in den Augen der Hexe. Dennoch bewahrte er Ruhe. Seine Stimme war beherrscht, ja sogar kühl, als er sprach: „Vergiss nie, was du immer wolltest. Einen Ort, an dem deine Kräfte nicht mehr verteufelt werden. Einen Ort, an dem du sein kannst, wer du bist.“ Er beobachtete, wie die Hexe bei den Worten, die sie ihm im Geheimen anvertraut hatte, noch wütender wurde und sagte dann: „Ohne mich wirst du das nicht bekommen. Und willst du auch wissen, warum?“ Er unterbrach sich, obwohl er wusste, dass sie seine Frage nicht beantworten würde. „Keine Armee der Welt würde einer *Frau* folgen.“

Er ließ seine Worte eine Weile wirken. „Ob du mir nun vertraust oder nicht, ich bin deine einzige Chance."

Böri Khan sah, wie der Zorn aus ihren Augen wich. Xianniang wusste, dass er recht hatte.

„Vergesst nicht, dass auch Ihr mich braucht", erinnerte sie ihn nach einer Weile. Seinen Hals hielt sie immer noch fest umschlossen.

„Das bestreite ich nicht", sagte Böri Khan.

Beide hielten dem Blick des anderen noch eine Zeit lang stand, dann löste Xianniang ihren Griff.

„Wir werden zu Ende führen, was wir begonnen haben", sagte sie.

Diesmal nickte Böri Khan. „Ja. Und du sorgst dafür, dass nichts und niemand sich uns in den Weg stellt."

Dann zog er sich einen Waffenrock über und drängte Xianniang zur Seite, während er auf den Ausgang der Jurte zusteuerte. Ja, die Dinge fügten sich langsam zu seinen Gunsten. Er hatte seine Armee. Er hatte seine Hexe. Und bald würde er auch sein eigenes Kaiserreich haben.

Mulan starrte in den dichten Nebel, der vor ihr lag. Die Sonne versuchte, sich durch das Grau zu kämpfen, wodurch ein seltsames Licht entstand, bei dem man kaum unterscheiden konnte, was echt war und was Schatten. Aus dem Sattel von Black Wind konnte Mulan ein wenig weiter sehen als die Fußsoldaten unter ihr. Aber nicht viel weiter.

Sie war über Kommandant Tungs Befehl, inmitten des nebelverhangenen Tales anzuhalten, überrascht gewesen. Sie dachte, es wäre ein strategischer Nachteil. Doch der Kommandant erklärte ihnen, dass so der Überraschungseffekt auf ihrer Seite wäre. Die Kaiserliche Armee wusste, aus welcher Richtung der Feind herankam, ihre Gegner wussten aber nicht, dass sie hier auf der Lauer lagen.

Als die Sonne stärker wurde, löste sie den Nebel auf und langsam verschwanden die Schatten. Als die letzten Schwaden verschwunden waren, blieb Mulan die Luft im Hals stecken: Der Kaiserlichen Armee stand ein riesiges Heer gegenüber. Die Rouran schienen den gesamten Horizont einzunehmen, die Banner Dutzender Stämme flatterten im Wind.

Vor den Soldaten saß Böri Khan im Sattel seines nachtschwarzen Hengstes. Sein Blick war kalt und berechnend. Mulan verkrampfte sich und spürte, wie Black Wind nervös mit den Hufen trippelte. Als Teil der Kavallerie würde Mulan zu einer der hintersten Angriffsreihen gehören. Aber es machte keinen Unterschied, in welcher Reihenfolge man in die Schlacht zog.

Nun, da sie dem Feind Auge in Auge gegenüberstand, war auch der letzte Hoffnungsschimmer verblasst, dass sie dem Kampf entkommen könnte.

Sie wandte sich um und sah ihre Freunde in der Infanterie stehen: Po, Yao und Ling. Das Selbstvertrauen, das sie sonst an den Tag legten, war aus ihren Gesichtern verschwunden und hatte einer finsteren Vorahnung Platz gemacht. Als sie ihren Blick weiter über die Kaiserliche Armee schweifen ließ, erkannte Mulan auch Skatch und Ramtish, die ohne ihre Kutten und falschen Bärte irgendwie kleiner aussahen. Die Angst stand ihnen in die wettergegerbten Gesichter geschrieben. Mulan empfand Mitleid für die beiden. Sie hatten an diesem Krieg nicht teilnehmen wollen, und doch hatte Mulan sie mitten hineingezwungen. Wenn sie diese Schlacht überleben sollten, schwor Mulan sich, würde sie sich bei den beiden entschuldigen. Auch wenn sie ihnen den Diebstahl ihres Pferdes immer noch nicht verziehen hatte.

Dann fiel ihr Blick auf Honghui. Zu ihrem Erstaunen sah auch er zu ihr herüber. Einen Moment lang trafen sich ihre Blicke. Die Geräusche ringsum verebbten, und Mulan hörte nur noch ihre eigenen, unregelmäßigen Atemzüge und ihren Herzschlag. In seinen Augen sah sie denselben fragenden Blick und dieselbe unausgesprochene Entschuldigung, die auch sie ihm schicken wollte. Beiden war bewusst, dass dies möglicherweise das letzte Mal war, dass sie einander lebend sahen. So waren auf einmal jede Rivalität und aller Groll wie weggeblasen. Stattdessen empfanden sie füreinander etwas, was sie niemals laut ausgesprochen hätten: Es war Respekt, aber vermischt mit etwas anderem, Tieferem, was keiner von beiden erklären konnte.

Das Dröhnen der Trommeln erschreckte Mulan und holte sie zurück in die Wirklichkeit des Tales und des Feindes, der auf der anderen Seite stand. Es war Zeit, sich zu konzentrieren. Die Schlacht stand unmittelbar bevor.

Als das Trommeln immer lauter und schneller wurde, kniete die vorderste Linie der kaiserlichen Soldaten zu Boden und ließ die Bogenschützen vortreten. Cricket stand mit klarem Blick und fester Haltung unter ihnen. Mulan war beeindruckt: Der Junge war ein echter Krieger geworden.

Kommandant Tung hob die Hand. Es schien, als würden alle noch einmal gleichzeitig tief einatmen, und dann gab der Kommandant das Signal zum Angriff. Das kaiserliche

Banner wurde gesenkt und die Schützen ließen ihre Pfeile fliegen. Sie zielten hoch über das Tal auf die andere Seite, wo die Truppen der Rouran sich formiert hatten.

Doch wenn Kommandant Tung angenommen hatte, dass Böri Khan sich von seiner ersten Angriffslinie beeindrucken ließe, dann hatte er sich getäuscht. Das Geräusch der Trommeln wurde vom Hufschlag Hunderter Pferde verschluckt, als Böri Khan seine Armee im Galopp über das Tal führte.

Die Bogenschützen schickten weiter ihren Pfeilregen los. Einige trafen ihr Ziel und schossen die Rouran aus dem Sattel, doch sie konnten kaum etwas ausrichten. Die Armee der Rouran war riesig. Es würde mehr brauchen, als ein paar Pfeile, um sie zu bezwingen.

Während Mulan angespannt auf Kommandant Tungs Zeichen wartete, beobachtete sie, wie Böri Khan einigen seiner Krieger etwas zurief und sich dann mit einem Dutzend Reiter vom Großteil der Truppe loslöste. Wie eine träge Masse trieb es den Rest der Armee weiter vorwärts. Kommandant Tung reagierte schnell und gab der Kavallerie – zu der auch Mulan gehörte – Befehl, den Anführer der Rouran zu verfolgen. Während die Infanterie und die Bogenschützen es mit der nahenden Horde aufnahmen, preschte die Kavallerie hinter Böri Khan her.

Black Winds Mähne peitschte im Wind, als Mulan mit ihrem Hengst über das Tal ritt, um Böri Khan und seine Reiter, die berüchtigten Schattenkrieger, nicht entkommen zu lassen. Einer der Reiter, der bemerkt hatte, dass sie verfolgt wurden, schrie irgendetwas zu den anderen, bevor er sich auf seinem Pferd umdrehte und rückwärts ritt. Er fischte zwei Pfeile aus seinem Köcher und schoss sie kurz hintereinander los.

Unweit von Mulan wurde einer der kaiserlichen Soldaten getroffen und stürzte vom Pferd. Doch Mulan hatte keine Zeit, sich davon Angst machen zu lassen, denn schon in der nächsten Sekunde zischte wieder ein Pfeil vorbei, der sie nur knapp verfehlte. Mit einem dumpfen Geräusch fiel ein anderer Soldat. Trotzdem galoppierten sie weiter.

Als der Boden unter den Hufen der Pferde felsiger wurde, griff Mulan nach ihren eigenen Pfeilen. Sie nahm von der dampfenden, bergigen Umgebung, die sie nun durchritten, kaum Notiz. Ihr Blick galt einzig und allein den Kriegern der Rouran. Immer mehr von ihnen setzten sich rücklings auf die Pferde und schossen schneller immer mehr Pfeile ab. Immer mehr kaiserliche Soldaten fielen ihnen zum Opfer. Einige wurden von Pfeilen getroffen, andere stolperten mit ihren Pferden über den zerklüfteten Untergrund. Warmer

Dampf stieg aus den Felsschloten des Vulkangesteines und vernebelte Mulans Sicht. Unbeirrt ritt sie weiter, während ihre Kameraden einer nach dem anderen beschlossen, dass der feindliche Anführer schon zu großen Vorsprung hatte und umdrehten, um zurück zum Schlachtfeld zu reiten.

Bald war Mulan allein.

Sie sah noch einmal den davonreitenden Kameraden nach und spürte eine starke Versuchung, ihnen zu folgen. Doch die Erinnerung an Kommandant Tungs Stimme, wie er die drei Säulen der Tugend verkündete, war stärker. Als Mitglied der Kaiserlichen Armee war es ihre Pflicht, treu und mutig zu sein. Die Tugend der Aufrichtigkeit konnte sie nicht erfüllen, doch das bedeutete nicht, dass sie nicht im Namen der anderen beiden Tugenden kämpfen konnte. Sie wandte sich von den davonreitenden kaiserlichen Soldaten ab und erhaschte einen letzten Blick auf Böri Khan, wie er vor ihr im dichten Dampf verschwand.

Da nahm sie ihren ganzen Mut zusammen und trieb Black Wind an, ihm zu folgen.

SIEBZEHN

Mulan ritt langsamer. Der Dampf war so dicht, dass man kaum etwas sehen konnte, und sie wollte nicht riskieren, dass Black Wind in eine der rauchenden Felsspalten stürzte. Eine gefühlte Ewigkeit, die in Wahrheit nur wenige Minuten dauerte, irrten Pferd und Reiterin in den Dampfwolken umher.

Als die Schwaden sich lichteten, schnappte Mulan nach Luft. Die karge Landschaft, die sich vor ihr öffnete, strahlte in leuchtenden Farben. Rot glühende Lava floss aus den

Felsspalten und wurde mit zunehmender Abkühlung zu pechschwarzen Streifen starren Gesteines. Es fühlte sich an, als wäre sie in eine völlig neue Welt geritten.

Doch Böri Khan war nirgendwo zu sehen.

Plötzlich tönte ein ohrenbetäubendes Kreischen durch die Luft. Als Mulan nach oben blickte, sah sie nur noch, wie ein Falke im Sturzflug auf sie herabschoss. Im nächsten Augenblick hatte er sie schon aus dem Sattel geworfen. Durch den Aufprall verlor sie den Helm, ihr Haarknoten löste sich und das Haar fiel ihr über die Schulter.

Sie kämpfte sich auf die Beine und griff nach dem Helm. Doch bevor sie ihn aufheben konnte, landete der Falke vor ihren Füßen. Im nächsten Moment – Mulan traute ihren Augen kaum – verwandelte sich der Falke in eine wunderschöne Frau, die den Eindruck machte, vor nichts zurückzuschrecken.

„Du bist eine Hexe …“, brachte Mulan mit Mühe hervor.

Die Frau nickte. Sie kam näher heran und musterte Mulan von oben bis unten. Ihr Blick blieb an der Rüstung haften und wanderte dann weiter zu ihrem offenen Haar. Da blitzte etwas in ihren Augen. Sie hatte verstanden. „Du hast dein Geheimnis bewahrt. Alle Achtung. Aber nun stehst du mir im Weg. Du musst dich zurückziehen. Geh!“

Mulan erkannte erschrocken, dass die Frau ihre Maskerade durchschaut hatte. „Ich bin Hua Jun“, beharrte sie. „Soldat in der Armee des Kaisers.“

Sie hob ihr Schwert und stürmte auf die Hexe zu. Doch Xianniang wehrte sie mit einer beiläufigen Handbewegung ab und schleuderte sie zu Boden. Mit Gebrüll sprang Mulan wieder hoch. Diese Hexe würde sie nicht aufhalten! Noch einmal griff sie Xianniang an, doch ohne Erfolg.

„Deine Lüge schwächt dich“, sagte Xianniang während sie Mulan ihre langen Finger um den Hals legte. Mulans Herz raste. Sie war tatsächlich schwach, die Hexe hatte recht. Trotzdem würde sie sich ihre Angst nicht anmerken lassen. Sie sah ihrer Gegnerin fest in die Augen, während diese weitersprach. „Es wäre töricht von dir, gegen mich kämpfen zu wollen – selbst wenn du über deine ganze Kraft verfügtest.“

Mit erhobenem Schwert versuchte Mulan, die Hexe zu attackieren. Doch Xianniang legte einfach die Finger um die Klinge und drückte sie hinunter. „Du verschwendest meine Zeit“, sagte sie zunehmend ungeduldig.

Verzweifelt zerrte Mulan an ihrem Schwert. Sie war überrascht, als es plötzlich nachgab und in Xianniangs Hand schnitt. Blut quoll aus der Wunde und Xianniang wurde zornig. „Warum willst du nicht hören?“, donnerte sie.

Mulan taumelte zurück. Mit aller Kraft versuchte sie, das Schwert ruhig vor sich zu halten. Xianniang zuckte die Schultern, dann zog sie einen Dolch aus ihrem Gürtel und schleuderte ihn gegen Mulan, die versuchte, ihn abzublocken. Doch er flog mit solch enormer Wucht gegen ihr Schwert, dass sie es aus der Hand verlor. Es wirbelte durch die Luft und blieb schließlich auf einer dünnen Kruste erkalteter Lava liegen, die einen kleinen See in der Nähe wie eine Eisdecke überzog.

Panik packte Mulan. Das Schwert ihres Vaters! Sie durfte es nicht verlieren! Es war ihr egal, dass sie der Hexe den Rücken zukehrte, als sie zu der Lavakruste stürmte. Die Fläche war glatter, als sie aussah – ganz so wie Eis – und Mulan rutschte aus. Durch den Aufprall entstand ein Riss rings um Mulan. Sie wusste sofort, dass die dünne Schicht sie nicht würde halten können. Zumindest nicht lange. Aber sie musste das Schwert zurückholen. Auf allen vieren tastete sie sich vorsichtig voran. Rundherum entstanden immer mehr Risse.

Hinter ihr trat Xianniang auf die zerbrechliche Oberfläche, doch ihre Schritte waren so leicht, dass sie auf der dünnen Ascheschicht, die den Boden überzog, nicht einmal Fußabdrücke hinterließ. Das Blut tropfte aus der Wunde, die Mulan ihr zugefügt hatte, und färbte den schwarzen Untergrund mit roten Tupfen.

Mulan gelang es, ihr Schwert zu greifen. Mit einem Triumphschrei schloss die ihre Finger um den Griff und sprang auf die Füße. Als sie sich umdrehte, kreuzte sie den Blick der Hexe. „Ich bin Hua Jun. Soldat der Kaiserlichen …“

Jetzt verlor Xianniang die Geduld. „Ich habe dich gewarnt, *Hua Jun*“, fauchte Xianniang. „Du wirst als jemand sterben, der vorgab, jemand anders zu sein.“ Ein zweiter Dolch kam wie ein Silberblitz auf Mulan zugeflogen und traf sie mitten in die Brust.

Mulan wurde von der Wucht des Dolches ein großes Stück nach hinten geschleudert. Als sie auf der Lavakruste aufschlug, brach das dünne Gestein auf, und Mulan fiel durch das Loch in den darunterliegenden See.

Mulans Brust brannte wie Feuer, während sie immer tiefer unter die Wasseroberfläche sank. Ihre Hand, die immer noch das Schwert ihres Vaters umschlossen hielt, war eiskalt und ohne Gefühl. Unter dem Gewicht ihrer Rüstung konnte sie sich nicht dagegen wehren, immer weiter zu sinken.

Da sah Mulan etwas Buntes über sich ins Wasser tauchen. Zuerst fürchtete sie, es könnte die Hexe sein, die sie endgültig ausschalten wollte. Doch als sie genauer hinsah, entpuppte sich die Schattengestalt als der Phönix. Der Vogel erreichte sie, wickelte seine langen Schwanzfedern um Mulans Handgelenke und zog sie hoch.

Im nächsten Moment brach Mulan durch die Wasseroberfläche, riss den Mund auf und schnappte nach Luft. Danach lag sie mit geschlossenen Augen neben dem See und wartete, bis sich ihr Pulsschlag beruhigt hatte. Erst dann öffnete sie die Augen.

Was sie sah, erschreckte sie.

Aus ihrer Brust ragte noch immer der Dolch der Hexe.

Der Griff stand aufrecht hervor, während die Klinge in ihrer Rüstung verschwand. Als sie nach unten starrte und schon damit rechnete, dass jeden Moment das Blut aus der Wunde schießen würde, kniff sie die Augen zusammen. Sie hob die zitternden Hände und zog den Dolch heraus. Dann riss sie die Rüstung auf und stellte erleichtert fest, dass er sich nicht in die Haut gebohrt hatte, sondern nur in den Ledergurt, den sie sich um die Brust gewickelt hatte.

Mulan schrie vor Erleichterung und Dankbarkeit laut auf. Was für eine Fügung, dass der Gegenstand, den sie für ihre Lüge benutzt hatte und der sie jederzeit hätte zu Fall bringen können, ihr nun das Leben gerettet hatte.

Langsam rappelte sie sich hoch und sah sich um. Der Phönix hockte nur ein paar Schritte entfernt von ihr. Seine Federn trieften und das Tier sah erschöpft aus, aber glücklich. Mulan nickte ihm dankbar zu. Der Vogel nickte zurück. *Ich bin immer da, wenn du mich brauchst*, schien sein Blick zu sagen. Nun verstand Mulan zum ersten Mal, wie sehr sie den Phönix tatsächlich gebraucht hatte, in diesem Moment, aber auch schon zuvor, während ihrer ganzen Reise.

Mulan hob das Schwert vom Boden auf und las die Inschrift. Dabei blieb ihr Blick auf einem Wort haften: „Aufrichtig …“, las sie laut. Ja. Aufrichtig. Das war die Tugend, die sie am meisten Mühe gekostet hatte, und nach der sie sich am meisten sehnte. Daher musste sie nun aufrichtig zu sich selbst sein. Sie würde nicht auf die Worte der Hexe hören oder sich von Zweifeln verunsichern lassen. Sie musste jetzt ihrem Herzen folgen.

Mulan rannte los und sprang auf Black Winds Rücken. Das Pferd wieherte, als Mulan es vorantrieb. Hinter sich hörte sie den Flügelschlag des Phönix, der sich in die Lüfte erhob. Gemeinsam stoben sie durch das Tal zurück zum Schlachtfeld. Dabei fiel Mulans Rüstung, die vom Kampf locker geworden war, Stück für Stück von ihr ab. Der Wind peitschte ihr das Haar ins Gesicht und niemand konnte mehr Zweifel daran haben, wer sie wirklich war. Doch das kümmerte sie nicht mehr. Sie wollte nicht länger so tun, als wäre sie jemand anders. Die Hexe hatte in ihr eine so große Bedrohung gesehen, dass sie sie töten wollte. Sie *war* also stark. Sie war nicht mehr Hua Jun. Sie war Mulan, sie war eine Frau. Und eine Kriegerin.

Als sie den Rand des Tales erreicht hatte, drangen bereits die Kampfgeräusche vom Schlachtfeld hinter dem Bergrücken zu ihr herüber. Mulan ritt auf die andere Seite und hielt Black Wind an. Von oben konnte sie sehen, wie die Kaiserliche Armee vergeblich versuchte, die Rouran im Zaum zu halten. Soldaten kämpften Rücken an Rücken gegen die feindlichen Krieger, mit hoch erhobenen Schwertern, die im Sonnenlicht glänzten. Immer noch surrten Pfeile durch die Luft, doch sie galten nicht mehr einem bestimmten Ziel, sondern waren nur noch ein Versuch zu überleben.

Darüber sah Mulan die Hexe durch die Luft gleiten,

die wieder ihre Vogelgestalt angenommen hatte. In weiten Kreisen segelte sie über die Köpfe der Soldaten beider Armeen hinweg und stieß bedrohliche Rufe aus, die den Rouran Mut machten und die kaiserlichen Soldaten vor Angst erschaudern ließen.

Mulan zögerte nicht länger. Sie galoppierte mit Black Wind den Hang hinab und mischte sich mit schwingendem Schwert in den Kampf. Rechts und links von ihr fielen die feindlichen Soldaten, die mit ihrer Klinge in Kontakt kamen.

Die erstaunten Blicke von Kommandant Tung und Honghui, die vom Anblick der mächtigen Kriegerin völlig überwältigt waren, bemerkte sie gar nicht. Durch die Dampfschwaden, die aus den Felsen aufstiegen, sah sie aus wie eine Luftspiegelung. Das Haar bedeckte ihr Gesicht und ihr Arm schwang so schnell, dass ihm kein Blick folgen konnte. Sie vollbrachte, was keiner der anderen Soldaten geschafft hatte: die Rouran zurückzudrängen.

Gemeinsam mit Black Wind gab Mulan ein magisches Bild ab. Als sie im Zentrum der Kämpfe angelangt war, fasste sie sich ein Herz und schwang sich aus dem Sattel auf die Beine, sodass sie nun aufrecht auf dem Pferderücken stand. Dann sprang sie schreiend hoch und blieb mit erhobenem Schwert einen Augenblick in der Luft stehen, bevor sie fest auf dem Boden landete.

Sofort stürzten sich die Rouran auf sie. Mulan dachte an all die Dinge, die sie gelernt hatte, und konzentrierte sich auf ihr Qi. Dann verlor sie sich in den rhythmischen Bewegungen ihres Schwertes. Ringsum lieferten sich die Männer, die mittlerweile ihre Freunde geworden waren, einen tapferen Kampf. Honghuis Schwert erledigte gleich zwei Rouran auf einmal, während Yao mit seiner Klinge wild brüllend, aber erfolgreich um sich schlug. Sogar Skatch und Ramtish gaben alles, was sie konnten: Sie traten, kratzten und warfen Felsbrocken auf die Gegner, um sich zu schützen.

Meter für Meter schien die Kaiserliche Armee nun an Boden zu gewinnen. Ob der Grund dafür das Auftauchen der geheimnisvollen Kriegerin war oder nur reiner Zufall, konnte keiner sagen. Und es war auch nicht wichtig. Die wenigen Meter waren das, was sie gebraucht hatten. Mit neuer Kraft setzten die Soldaten ihren Kampf fort. Mulan erblickte eine letzte große Gruppe feindlicher Invasoren, deren Arme von Schwert und Schild schwer geworden waren, und stürmte auf sie zu.

Gemeinsam stellten sie sich der nahenden Kriegerin entgegen. Doch Mulan wurde nicht langsamer. Sie rannte immer weiter, bis es so aussah, als würde sie jede Sekunde mit dem Kopf voran in die Soldaten laufen. Doch im allerletzten Moment sprang sie abermals hoch. Leichtfüßig und mit höchster Konzentration rannte sie über die Köpfe der Soldaten hinweg und benutzte ihre Helme und Schilde, um sich vorwärtszustoßen. Wie ein Blitz lief sie über alle hinweg und sprang dahinter wieder zu Boden.

Kochend vor Wut drehten die Rouran um und jagten ihr nach.

Mulan wagte ein winziges Lächeln. Genau das war ihr Plan gewesen. Flink erklomm sie eine Felsformation am gegenüberliegenden Rand des Tales. Dahinter stieg eine dichte Wand aus Dampf auf.

Eine Windbö blies die weißen Schwaden einen Moment lang fort, sodass ein großer Spalt im Boden sichtbar wurde. Mulan zögerte nicht lange, dann sprang sie darüber. Hinter ihr zog sich der Dampf wieder zusammen und versteckte die Spalte.

Die wütenden Schreie der Soldaten wurden immer lauter, je näher sie kamen, denn sie sahen, wie ihre Beute vor ihren Augen verschwand. Mit Mordlust im Blick hetzten sie ihr hinterher und rannten den Fels hinauf. Doch ihr

Zornesgebrüll verwandelte sich in Angstgeschrei, als einer nach dem anderen in der tiefen Spalte verschwand. Binnen Sekunden waren die Angreifer von der Erde verschluckt worden.

Auf der anderen Seite stand Mulan mit erhobenem Schwert und bereit für den nächsten Ansturm. Von unten näherte sich der Rest der Kaiserlichen Armee und erkannte mit Staunen, was sie getan hatte.

Als sie die Fußstapfen von Dutzenden Soldaten aus der anderen Richtung heranpoltern hörte, drehte Mulan sich um und erhob ihr Schwert. Doch bevor die Rouran sie erreicht hatten, blieben sie plötzlich stehen.

Dutzende Augenpaare blickten sie an. Dann lugten sie hinter ihr in den dampfenden Spalt und bemerkten die Männer der Kaiserlichen Armee, die mit erhobenen Waffen hinter ihr standen.

Kurz entschlossen machten sie auf dem Absatz kehrt und rannten davon.

In den Sekunden danach hörte Mulan nichts außer dem Pochen ihres eigenen Herzens. Es war geschafft! *Sie* hatte es geschafft! Die Invasoren aus dem Norden waren zurückgedrängt.

Doch ihr Triumph war nur von kurzer Dauer. Die kaiserlichen Soldaten hatten noch nicht einmal die ersten Siegesschreie verlauten lassen, da schnitt bereits das Kreischen des Falken durch die Luft. Mulan sah zu der Hexe hoch, die immer schnellere Kreise zog, während sie zusah, wie die Invasoren feige türmten. Nur Mulan wusste, dass der Falke der eigentliche Feind war. Da griff sie sich ihren Bogen und spannte einen Pfeil ein. Sie zielte und schoss.

Der Pfeil surrte durch die Luft. Mulan hielt den Atem an und wartete. Da drehte der Falke plötzlich um, und einen Moment lang sah es so aus, als würde Mulans Pfeil sein Ziel finden. Doch unmittelbar bevor der Pfeil traf, verwandelte sich der Falke und wurde zu einer Schar aus Hunderten kleinen Vögeln.

Wie eine schwirrende Wolke schoben sie sich vor die Sonne. Und dann gingen sie auf einen Schlag zum Angriff über. Lautes Kreischen ertönte, als die Vögel aus dem Himmel auf die Kaiserliche Armee herabstachen. Die Männer duckten sich und versuchten, die Biester zu verscheuchen. Doch die Vögel kamen immer wieder.

„Schildkrötenformation!“, brüllte Kommandant Tung, dessen Stimme sich gegen das Vogelgeschrei und die Rufe der Männer durchsetzte.

Während die Männer sich zusammenrotteten und die

Schilde über die Köpfe hoben, sodass sie aussahen wie eine riesige Schildkröte, suchte Mulan den Horizont ab. Sie erschrak, als sie am Kamm des schneebedeckten Berges, der das Tal auf einer Seite abschloss, eine Bewegung wahrnahm. Auf dem Gipfel formierten sich Dutzende Bogenschützen und machten ihre Waffen bereit. Noch erschreckender war, dass dort ein riesiges Katapult in Position gebracht wurde, das mit einem einzigen Schuss Dutzende kaiserliche Soldaten ausschalten konnte. Die Schleuder konnte einen einzigen großen Felsbrocken durch die Luft katapultieren oder aber Dutzende kleinere. So oder so war sie eine gefährliche, tödliche Waffe.

Die Vögel waren nur ein Ablenkungsmanöver gewesen. Die Armee des Kaisers hatte nicht gesiegt. Noch nicht. Eine zweite Angriffswelle stand kurz bevor, und Kommandant Tung und seine Männer hatten keine Chance.

Als Mulan ihr Schwert etwas anhob, sah sie darin das Spiegelbild des Berges auftauchen. Da kam ihr eine Idee.

Aufgrund der Unruhe, die durch die Schildkrötenformation entstanden war, konnte sich Mulan unbemerkt davonstehlen. Sie stieß einen lauten Pfiff aus, und Sekunden später kam Black Wind angestürmt. Mulan schwang sich auf seinen Rücken und lenkte ihn in Richtung Bergkamm.

Während sie sich von den anderen Soldaten entfernte, griff Mulan nach unten und schnappte sich den Helm eines kaiserlichen Soldaten. Und noch einen und einen dritten. Immer mehr Helme sammelte sie auf. Dann ritt sie zufrieden weiter in Richtung Berg.

Bei ihrem letzten Erfolg über die feindliche Armee war auch etwas Glück dabei gewesen. Um den Plan, den sie nun im Kopf hatte, durchzuziehen, würde sie mehr brauchen als nur Glück.

ACHTZEHN

Aus ihrem Versteck hinter einer Felskuppe oberhalb des Bergkammes blickte Mulan hinunter zu der Stelle, wo die Armee der Rouran ihren Angriff vorbereitete.

Einer der Männer brüllte Befehle, woraufhin noch mehr Soldaten mit Pfeil und Bogen an die Kante des Bergkammes geschickt wurden und andere einen dicken Felsbrocken auf das Katapult luden. Dann schoben sie es ächzend in Position, sodass es auf die Kaiserliche Armee unten im Tal zielte.

Mulan nahm sich noch einen Moment Zeit, um sicherzugehen, dass alles bereit war. Die Helme, die sie vom Schlachtfeld aufgelesen hatte, hatte sie vor sich in einer Reihe aufgestellt. Black Wind war sicher versteckt. Mulan war so weit. Sie nahm ihren Bogen zur Hand und zielte auf die feindlichen Krieger.

Der erste Pfeil zischte los. Es gab einen überraschten Aufschrei und der Erste der Invasoren sank zu Boden. Dann der Nächste. Und noch einer. Den Soldaten dämmerte schnell, was hier passierte. Einer von ihnen drehte sich um und musterte die Felskuppe, wo Mulan sich versteckt hielt. Da sah er die kaiserlichen Helme und schrie wütend auf. Sofort brüllte er neue Befehle, und seine Männer wandten ihre Aufmerksamkeit weg vom Tal, hin zu der Bergkuppe. Das Katapult wurde herumgedreht, bis es ebenfalls zum Berg zielte, wo Mulan sich versteckte.

Auf ein Zeichen des Anführers feuerten die Rouran Pfeile auf die Reihe kaiserlicher Helme, nicht ahnend, dass es sich dabei nur um leere Hülsen handelte, mit denen der Gegner hereingelegt werden sollte. Als es den Anschein machte, als wären die gegnerischen Soldaten unbeeindruckt von ihrem Beschuss, wurden die Rouran noch wütender. Sie wandten sich dem Katapult zu, in dem der riesige Felsbrocken lag.

Mulan beobachtete die ganze Szene und hoffte, dass sie die Feinde richtig eingeschätzt hatte.

Im nächsten Moment setzten die Männer den mit einem Brennstoff bedeckten Felsbrocken in Brand und feuerten die Wurfmaschine ab.

Mulan hielt die Luft an, während der flammende Stein in hohem Bogen durch die Luft flog. Ihr kam es vor, als bewegte er sich in Zeitlupe über den Himmel, obwohl er mit großer Geschwindigkeit abgefeuert worden war. Damit Mulans Plan aufging, musste er wirklich weit fliegen.

Das Geschoss kam immer näher und näher, bis es mit einem lauten BUMM! hinter Mulan in den schneebedeckten Berg einschlug. Das Donnern des Aufpralles erschütterte den Berg bis hinunter ins Tal. Die Kaiserliche Armee, die aus Mulans Perspektive klein war wie ein Grüppchen Ameisen, schien innezuhalten, als das Echo sie erreichte. Mulan wartete und horchte. Sie legte die Hand auf den Boden und fühlte.

Und dann spürte sie es. Es war nur ein leichtes Zittern, aber es war genug, um zu wissen, dass ihr Plan funktioniert hatte.

Mulan wartete nicht ab, bis die Schneelawine, die sich am Gipfel des Berges bereits gelöst hatte, in Sicht kam, sondern lief augenblicklich los. Sie stolperte und rutschte über den verdichteten Schnee, während die immer mächtiger werdende Lawine den Boden erzittern ließ.

Als das Grollen lauter wurde, schlug das Gebrüll der feindlichen Armee in Schreckensschreie um, denn hinter Mulan kam eine riesige, weiße Wand in Sicht, die lärmend zu Tal rollte, ohne Rücksicht darauf, welche Armee sie unter sich begrub. Mulan, die bereits den Windstoß der Lawine hinter sich spürte, lief noch schneller. Aber der Schnee kam unaufhaltsam näher. Sie stieß einen Pfiff aus, um Black Wind zu rufen. Das Pferd galoppierte heran und im letzten Moment, bevor der Schnee sie erfasste, sprang sie auf seinen Rücken.

Gemeinsam preschten sie vor der Lawine davon, deren Ausläufer bereits Black Winds Hufe berührten. Die feindlichen Soldaten waren schlimmer dran. Ohne Pferde und mit den schweren Rüstungen am Leib verschwanden sie einfach im Inneren der weißen Wand.

Mulan verlor keine Gedanken an sie. Sie ritt einfach weiter, Angst und Sorge in der Magengegend. Als sie ihren Plan ausheckte, hatte sie ein wichtiges Detail vergessen: Schnee konnte man nicht kontrollieren. Sie hatte gewollt, dass die Lawine die gegnerische Armee vernichtet, was auch gelungen war, aber sie hatte nicht berechnet, was danach geschehen würde: Denn nun rasten die Schneemassen auf direktem Wege auf die kaiserlichen Soldaten zu. Und sie wurden kein bisschen langsamer.

Mulan trieb Black Wind immer schneller den Berg hinab, schon wurden die Gesichter der kaiserlichen Soldaten deutlicher. Voller Entsetzen sah sie zu, wie das Katapult, das von oben fortgerissen worden war, talwärts fiel und sich immer wieder überschlug, bis es am Ende im Schnee stecken blieb – und Cricket unter sich begrub. Ein Schrei blieb ihr im Hals stecken, als Honghui an die Einschlagsstelle rannte und die Wurfmaschine von seinem Freund schob. Er schaufelte Cricket frei, doch als er sich eben wieder aufrichten wollte, wurde er von einer Schneewelle erfasst und nach unten gedrückt.

Mulan zögerte keine Sekunde. Sie hieb ihre Beine gegen Black Winds Flanken und riss an seinen Zügeln, um das angsterfüllte Pferd in die Richtung der Lawine zu lenken, an die Stelle, wo Honghui verschwunden war. Black Wind konnte sich kaum über dem Schnee halten und Mulan hatte Mühe, im Sattel zu bleiben.

Doch plötzlich sah Mulan Honghuis Arm aus dem Schnee ragen. Sie streckte sich, so weit sie konnte, zu ihm nach unten. So gelang es ihr, seine Hand zu ergreifen und ihn mit allerletzter Kraft auf Black Winds Rücken zu ziehen. Regungslos lag er im Sattel, seine Augen waren geschlossen und er atmete flach. Ein letztes Mal riss Mulan Black Wind herum und galoppierte davon. Nun wurde der Boden unter ihnen langsam flacher und der polternde Schnee verlangsamte sich, bis er endgültig zum Stillstand kam.

Dann war es still. Mulan ließ Black Wind anhalten, der schwer atmete. Das Pferd hatte ihr und Honghui das Leben gerettet. Sie streckte die Hand aus und klopfte ihm dankbar den Hals. Dann ließ sie sich auf den Boden gleiten.

Nur mit Mühe gelang es ihr, Honghuis bewusstlosen Körper vom Pferd zu hieven. Dann legte sie ihn sanft hin und sah eine Weile zu, wie sein Brustkorb sich hob und senkte. Er lebte. Zumindest war es ihr gelungen, ihn zu retten.

Als sie die Rufe der anderen Männer hörte, die aus ihrer Schockstarre erwacht waren, warf Mulan noch einen letzten Blick auf Honghui. Sie wollte am liebsten bleiben, um sich um ihn zu kümmern, aber sie musste fort, um sicherzugehen, dass die Angriffe der Rouran jetzt ein Ende hatten. Also wandte sie sich um und verschwand im dichten Nebel.

Honghuis Körper schmerzte überall. Als er die Augen öffnete, sah er, dass er neben seinen Kameraden der Kaiserlichen Armee lag. Sein Schädel pochte, und als er sich hochkämpfte, gaben seine Beine beinahe unter ihm nach. Das Letzte, woran er sich erinnerte, war, dass er Cricket in Sicherheit gebracht hatte. Danach war da nur noch ein weißer Schleier, bis er wieder aufgewacht war.

Aber zum Glück *war* er aufgewacht! Er hatte so ein seltsames Gefühl, ja fast schon eine Erinnerung, dass ihm irgendjemand geholfen hatte, obwohl er doch wusste, dass das unmöglich war. Nur ein Verrückter hätte sich freiwillig mitten in die Lawine gestürzt. Also schüttelte er den Gedanken ab und begab sich zu Kommandant Tung.

„Hat irgendjemand Hua Jun gesehen?“, hörte er Cricket rufen, als er näher kam.

Crickets besorgter Ton rief auch Kommandant Tung auf den Plan. Seine kriegsmüden Augen überblickten die Männer. Als er unter ihnen Honghui entdeckte, rief er ihn zu sich. „Hast du Hua Jun gesehen?“, fragte Kommandant Tung. Honghui schüttelte den Kopf, und das Herz wurde ihm schwer. War Hua Jun von den Schneemassen verschluckt worden? Oder einem gegnerischen Pfeil zum Opfer gefallen, noch bevor die Lawine losgebrochen war?

Einer der Soldaten schrie irgendetwas. Honghui wandte sich um und sah in der Ferne den Umriss einer Gestalt auftauchen. Durch den Nebel konnte man nicht klar erkennen, was es war, doch als die Gestalt näher kam, hielt Honghui den Atem an. Es war die Kriegerin, die er während der Schlacht gesehen hatte. Daran bestand kein Zweifel. Das lange Haar wehte hinter ihr im Wind, während sie auf ihrem riesigen Pferd das Tal entlang auf sie zuritt.

„Black Wind?"

Honghui horchte auf, als Cricket plötzlich sprach. Der junge Soldat hatte sich neben ihn gestellt und starrte ebenso der Kriegerin entgegen.

„Black Wind?", wiederholte Honghui leise. Was sagte Cricket da nur? Black Wind war doch Hua Juns Pferd. Als die Reiterin direkt vor ihnen aus der Wolke aus Schnee und Nebel hervorritt, blieb Honghui der Mund offen stehen. Das Pferd, auf dem sie ritt, war Black Wind. Aber wenn das stimmte, dann war die Frau, die auf ihm saß …

„Hua Jun?", fragte Kommandant Tung und sprach damit aus, was Honghui dachte.

Die Kriegerin schüttelte den Kopf und stieg vom Pferd. „Ich bin Hua Mulan", sagte sie mit fester und bestimmter … Frauenstimme.

Honghuis Blick schoss zwischen Kommandant Tung und dem Soldaten, den er bis zu diesem Augenblick als Hua Jun gekannt hatte, hin und her. Der Kommandant wurde plötzlich bleich im Gesicht, und seine Hand begann ein wenig zu zittern, als er Mulan genauer anblickte. Honghui konnte den inneren Kampf, den der Kommandant mit sich ausfocht, als er verstand, was hier geschehen war, erkennen.

Auch Mulan sah es. Sie richtete sich gerade auf und ließ sich nichts anmerken. Nur Honghui erkannte, dass sich Unruhe in ihr breitmachte. Ihre Schultern sanken ein klein wenig herab und ihre Hand zuckte einen Augenblick. Die stolze Kriegerin, als die sie aufgetreten war, verschwand nach und nach unter dem entsetzten Blick des Kommandanten.

Cricket, der neben Honghui stand, schnappte nach Luft, als ihm der Zusammenhang klar wurde. „Er ist ein … ein Mädchen!" Er schüttelte den Kopf. Die anderen Soldaten begannen zu murmeln und leise zu tuscheln. Was sie da sahen, schockierte sie. Honghui hörte zu, während der Zorn immer weiter in ihm hochkochte. Hua Jun hatte ihn belogen. *Klar* hatte er, oder besser gesagt *sie*, ihm sagen können, wie man mit einer Frau spricht, nicht, weil sie bereits Erfahrung damit hatte, sondern weil sie *selbst* eine war! Er hatte ihr gegenüber Schwäche gezeigt, und sie hatte ihn sogar im Kampf geschlagen – mehr als nur einmal. Als er sich an den Abend am See erinnerte, errötete er.

Indessen war Kommandant Tungs Miene zu Eis erstarrt. „Du bist eine Betrügerin!“, fauchte er. Seine Stimme war schwer vor Enttäuschung. „Du hast dein Regiment hintergangen.“ Mulan senkte beschämt den Kopf. Kommandant Tung sprach weiter: „Du hast Schande über die Familie Hua gebracht.“

Seine Worte schnitten Mulan ins Herz wie die Klinge eines Schwertes. Sie hob den Kopf. Der Kommandant hätte keine schlimmeren Worte wählen können. „Kommandant ...“, flehte sie.

Doch Tung ließ sie nicht aussprechen. „Deine Täuschung ist auch meine Schande“, sprach er weiter. „Sobald wir in die Hauptstadt zurückgekehrt sind, werde ich mein Kommando abtreten.“

Schockiert begannen die Soldaten untereinander zu murmeln. Kommandant Tung war einer der mächtigsten und bekanntesten Oberbefehlshaber der Kaiserlichen Armee. Und doch würde er das alles aufgeben, nur wegen Mulan? Die Männer blickten zwischen den beiden hin und her. Zwar hatte Mulan ihnen in dieser Schlacht geholfen, die Rouran zu besiegen, aber war es das wert, dafür ihren Anführer zu verlieren? Als die Stimmen lauter wurden, trat Sergeant Qiang einen Schritt nach vorn und fragte: „Was ist die Strafe, die dieser Betrügerin gebührt?"

Kommandant Tung zögerte nicht: „Unehrenhafte Entlassung aus der Armee."

Honghui sah, wie Mulan den Kopf schüttelte. Sie machte einen Schritt auf den Kommandanten zu. Ihr Blick flehte ihn um Gnade an. „Ich würde lieber sterben, als entlassen zu werden", sagte sie.

Doch der Kommandant ignorierte sie und wandte ihr den Rücken zu. Nun trat Sergeant Qiang vor, atmete tief ein und sprach vor allen das offizielle Urteil aus: „Von dieser Sekunde an bist du unehrenhaft aus der Armee Seiner Majestät des Kaisers entlassen."

Als die Worte des Sergeants Mulan trafen, schien sich ihr ganzer Körper zusammenzuziehen. Ihre Augen verloren jeden Glanz. Als Honghui das sah, spielten seine Gefühle verrückt. Mulan verdiente die Strafe. Sie hatte sie alle belogen und jeden Einzelnen von ihnen in Gefahr gebracht. Sie hatte mit seiner Freundschaft und mit seinem Herzen gespielt. Und dennoch konnte er nicht vergessen, wie unglaublich mutig sie gewesen war, bei allem, was sie getan hatte. Sie war der Armee beigetreten, in dem Wissen, dass sie jederzeit auffliegen konnte. Und sie war ein ausgezeichneter Soldat gewesen. Sie hatte ihnen das Leben gerettet. Ihnen allen.

Er schüttelte den Kopf und verschloss sein Herz. Es machte keinen Unterschied mehr. Sie war entlassen worden. Den Rest ihrer Tage würde sie in Schande und Einsamkeit verbringen.

Mulan nahm Black Winds Zügel zur Hand und ging mit gesenktem Blick fort, um keinem der Soldaten in die Augen sehen zu müssen, so sehr schämte sie sich. Honghui sah ihr hinterher, bis sie nur noch ein kleiner Punkt am Horizont war. *Hua Jun*, dachte er, als er sich umwandte und zu seinen Kameraden zurückging, *ist fort*. Und es war richtig so.

Aber wenn es richtig war, warum fühlte es sich dann so falsch an?

NEUNZEHN

Mulan fühlte sich leer. Sie ging immer weiter, jedoch ohne Zweck oder Ziel. Wieder und wieder hörte sie das Wort Entlassung widerhallen und sah den angeekelten und enttäuschten Ausdruck in Kommandant Tungs Gesicht vor sich. Und Honghui, der sich von ihr betrogen fühlte.

Es war niemals ihre Absicht gewesen, sie zu verletzen. Sie wollte einfach ihren Teil beitragen. Und doch hatte sie irgendwie gewusst, dass dieser Tag kommen würde. Für einen kurzen, glücklichen Augenblick, als sie die Lawine ausgelöst und damit den Feind ausgelöscht hatte, war sie stark gewesen und stolz. Sie hatte das Gefühl gehabt, alles erreichen zu können.

Doch wofür das alles? Jetzt war sie fortgejagt worden. Sie konnte weder nach Hause gehen noch zurück zur Armee. Also ging sie einfach weiter. Sie ließ das Tal hinter sich und ging mit Black Wind an ihrer Seite hinauf in die Berge. Mit jedem Schritt wurde die Luft kälter, doch sie bemerkte es nicht.

Als sie an einer Felskante ankam, blieb Mulan stehen. Vor ihr schien sich die ganze Welt auszubreiten, und hinter der schneebedeckten Ebene ging die Sonne in glühendem Rot und Orange unter. Vor ihr hockte der Phönix, dessen blasse Federn im krassen Gegensatz zu dem herrlichen Panorama standen. Sein Anblick machte Mulan noch trauriger.

Nun sank sie auf die Knie und begann zu schluchzen, dass ihr ganzer Körper bebte. Sie hielt ihren eigenen Oberkörper mit beiden Armen fest und suchte Trost, wo keiner war. Sie fühlte sich innerlich zerbrochen – und nichts konnte das wieder reparieren.

„Was habe ich nur getan?“, fragte sie den Phönix. „Ich kann meiner Familie nie wieder unter die Augen treten …

Ich kann nie mehr nach Hause." Bei diesen Worten ergriff Mulan eine neue Welle der Verzweiflung und sie senkte den Kopf. Jetzt war sie nicht mehr die starke Kriegerin, sondern ein zerbrechliches, verängstigtes Mädchen.

Während sie dort kauerte, hörte sie den Phönix herankommen. Er legte sanft einen seiner Flügel um sie, um sie zu trösten. Womit hatte Mulan diese bedingungslose Liebe nur verdient? Doch sie ließ es zu und sank dankbar in den schützenden Flügel des Vogels.

So saßen die beiden lange da, bis das Weinen irgendwann leiser wurde. Gerade als Mulan wieder regelmäßig atmen konnte, fiel ein Schatten über sie. Mulan sah hoch und ihr Blick verfinsterte sich. Es war eine Schar Vögel, die sich über ihnen immer wieder neu formierte. Sie ließen sich mit dem Wind treiben, auf und ab in einem eleganten und doch Unheil verkündenden Tanz.

Etwas an den Vögeln kam Mulan bekannt vor, und dann verstand sie: Es waren dieselben schwarzen Vögel, die zuvor die Soldaten angegriffen hatten.

Im nächsten Moment stürzten die Vögel schon auf sie herab, doch sie verwandelten sich im Flug, bis am Ende die Hexe vor ihnen stand. Mulan und der Phönix tauschten besorgte Blicke aus. Der Phönix nickte ihr ermutigend zu und

Mulan erhob sich. Sie erhob das Schwert, sammelte die letzte Kraft zusammen, die ihr noch geblieben war, und stellte sich der Hexe mit festem Blick entgegen.

„Wenn du hier bist, um mich zu töten, dann wirst du kein leichtes Spiel haben", sagte Mulan.

„Dich töten?", fragte die Hexe überrascht und hob die Augenbrauen. „Nein, deine Schande wiegt viel schwerer als der Tod."

Ihre Worte waren wie ein Schlag ins Gesicht. Mulan schloss ihre Finger noch fester um den Griff ihres Schwertes und versuchte, ihren Schmerz nicht zu zeigen. Diese Genugtuung wollte sie der Hexe nicht geben. Doch es gelang ihr nicht.

Die Gesichtszüge der Hexe wurden weicher. „Ich verstehe", sagte sie. Dann hielt sie inne. Plötzlich sah sie nachdenklich aus, als würde sie sich in einer Erinnerung verlieren. „Ich war ein junges Mädchen wie du, als sich meine Mitmenschen gegen mich wandten."

Das Schwert in Mulans Hand begann zu zittern. Sie hörte den Schmerz in den Worten der Hexe. Zum ersten Mal, seit sie sich begegnet waren, sah Mulan Xianniang nicht als Hexe, sondern als Frau.

Sie war voreilig gewesen, als sie annahm, sie habe sich

mit den Schattenkriegern verbündet, weil sie böse war. Dennoch hatte sie sich stets gefragt, *warum?* Warum würde sich jemand, der so viel Macht besitzt, einem Menschen wie Böri Khan unterwerfen? Jetzt hatte sie die Antwort: Ihre Mitmenschen hatten sie verstoßen. Wie es aussah, hatten sie und die Hexe viel mehr gemeinsam, als sie gedacht hätte.

Als hätte sie Mulans Gedanken gelesen, sprach Xianniang weiter. Großer Schmerz lag in ihrer Stimme. „Ich habe mein Leben im Exil verbracht. Ich hatte kein Heimatland. Kein Dorf. Keine Familie." Xianniang suchte Mulans Blick, dann fügte sie hinzu: „Wir beide sind gleich."

„Das sind wir nicht", erwiderte Mulan, obwohl sie genau dasselbe gedacht hatte. „Das darf nicht sein."

Xianniang schüttelte den Kopf. „Und doch sind wir es. Je mehr Kraft ich zeigte, desto mehr unterdrückte man mich. Genau wie bei dir. Du hast sie heute alle gerettet – und doch haben sie sich von dir abgewandt."

Mulan spürte, wie der Boden unter ihren Füßen zu zittern begann. Xianniang sprach die Wahrheit. Kommandant Tung und die anderen hatten sie im Stich gelassen, trotz allem, was sie für sie getan hatte.

„Schließe dich mir an", sagte die Hexe, die sah, wie Mulan mit sich kämpfte. „Gemeinsam werden wir noch stärker sein."

Lange sagte Mulan nichts. Es war nicht abzustreiten, dass sie gemeinsam sehr mächtig wären. Doch dafür müsste sie der ganzen Welt, die ihr vertraut war, den Rücken kehren. Das Gefühl der Unsicherheit zog sich zurück. „Du folgst einem Feigling, einem Anführer, der vor der Schlacht geflüchtet ist!", sagte Mulan.

Xianniang lachte. „Böri Khan ist nicht geflüchtet! Dieser *Feigling*, wie du ihn nennst, wird die Kaiserstadt einnehmen. Und dein Kaiser wird fallen!"

Die Worte der Hexe holten Mulan endgültig aus ihrer Trance. *Fallen?* Was meinte die Hexe damit?

„Das darf nicht passieren!", rief Mulan, deren Lebensgeister nun schlagartig zurückkehrten.

„Aber es passiert, gerade jetzt", sagte Xianniang. Obwohl sie mit ihren Worten versuchte, Mulan zu ködern, lag doch Schmerz darin, als wollte sie nicht, dass es wahr wäre. Sie kam einen Schritt auf Mulan zu. „Schließ dich mir an. Wir werden gemeinsam unseren Platz finden."

Mulan starrte die Hexe an, in ihrem Kopf rasten die Gedanken. Böri Khan war verschwunden. Er war davongeritten, seine Armee wurde besiegt … oder etwa nicht?

Plötzlich verstand Mulan, was die Hexe gesagt hatte. Böri Khan war nicht besiegt. Es war Teil seines Planes gewesen, seine Soldaten zu opfern. Sein Verschwinden war kein Rückzug. Er hatte es auf den Kaiser persönlich abgesehen! Mulan schüttelte den Kopf und blickte zurück zu der Hexe.

Mit einem Mal wurde sie erneut zu der erhabenen, selbstbewussten Kriegerin, die noch Stunden zuvor die Rouran auf dem Schlachtfeld besiegt hatte. „Ich weiß, wo mein Platz ist!", beharrte sie. „Es ist meine Pflicht, für das Kaiserreich zu kämpfen und den Kaiser zu beschützen!" Dann wandte sie sich eilig ab und ließ ein lautes Pfeifen ertönen. Als Black Wind an ihre Seite galoppierte, schwang sie sich auf seinen Rücken. Die Verzweiflung, die sie eben noch erfüllte hatte, war einer Welle der Entschlossenheit gewichen.

Schon straffte sie die Zügel, doch nicht ohne ein letztes Mal zu Xianniang zurückzusehen. Im Blick der Hexe lag Enttäuschung. Doch da war auch noch etwas anderes … Es sah beinahe aus wie Bewunderung.

Ohne ein weiteres Wort preschte Mulan los, den Berg hinab. Der Phönix kreischte auf und flog hoch, um ihr zu folgen.

„Sie werden nicht auf dich hören!“, rief ihr Xianniang hinterher. „Es ist und bleibt eine Männerarmee!“

Doch Mulan sah nicht mehr zurück. Sollte Xianniang doch glauben, dass sie niemals einen Platz in der Kaiserlichen Armee finden würde. Alles, was jetzt zählte, war, das Leben des Kaisers zu retten. Und dafür musste sie Kommandant Tung warnen.

„Was soll das bedeuten?“

Die Stimme von Sergeant Qiang hallte durch das ganze Lager, als Mulan in die Mitte der versammelten Soldaten stürmte. Sie ignorierte die Frage des Sergeants und die neugierigen Blicke der anderen Männer und eilte zu Kommandant Tung. Doch als sie seinen strengen Blick sah, verlangsamte sie den Schritt. Bei ihm angekommen, verbeugte sie sich tief. Dann sah sie hoch und zwang sich, ihm fest in die Augen zu sehen. „Kommandant Tung“, begann sie. „Wir müssen in die Kaiserstadt reiten. Das Leben des Kaisers ist in Gefahr!“

Gemurmel wurde unter den Männern laut. Die Soldaten glaubten ihr nicht. Und wie es aussah, Kommandant Tung ebenso wenig: „Böri Khans Armee hat eben einen schweren

Rückschlag erlitten. Das Leben des Kaisers war niemals sicherer."

Mulan schüttelte den Kopf. „Böri Khan will, dass Ihr das glaubt. Aber …" Sie unterbrach sich und blickte sich nach Verstärkung um. Doch als sie bemerkte, dass sie alle nur anstarrten, sprach sie weiter. „Ihr müsst mich anhören …"

Kommandant Tung schüttelte den Kopf. „Nur ein Dummkopf hört jemanden an, dessen Leben eine einzige Lüge ist."

Seine Worte schmerzten Mulan schlimmer als der Dolch der Hexe. Am liebsten hätte die umgedreht und wäre weggelaufen. Aber wenn sie jetzt ging, würde sie alle in Gefahr bringen. Die Zukunft des Kaiserreiches war wichtiger als ihr eigener Stolz. Also holte sie noch einmal tief Luft und sagte: „Während der Schlacht ritt Böri Khan mit einer kleinen Streitmacht davon. Zuerst dachte ich, er wolle sich feige zurückziehen, aber jetzt weiß ich, dass er nach Osten, in Richtung der Kaiserstadt unterwegs ist. Das war die ganze Zeit sein Plan. Während die Armee mit den Angriffen entlang der Seidenstraße beschäftigt ist, schleicht sich Böri Khan in die Kaiserstadt und ermordet den Kaiser!"

Atemlos hielt sie inne, während ihre Worte bei den

Männern einsickerten. Nervös traten sie von einem Bein auf das andere. Einige nickten, weil sie einsahen, dass es strategisch nachvollziehbar war, was Mulan sagte. Solange der Kaiser sich in Sicherheit wähnte, würde er ein leichtes Opfer sein. Mulan wandte sich wieder Kommandant Tung zu. Sie erkannte, wie er innerlich mit sich rang. Seine persönlichen Gefühle, betrogen worden zu sein, standen seiner Erfahrung als Oberbefehlshaber gegenüber. Mulan wusste, dass er die Wahrheit in ihren Worten erkannte. Sie musste ihn nur davon überzeugen, über ihren Betrug hinwegzusehen.

„Keine Armee der Welt ist stark genug, um die Kaiserstadt einzunehmen", sprach Mulan respektvoll, aber bestimmt weiter. „Doch einer kleinen, gut trainierten Elitetruppe könnte es möglicherweise gelingen. Denn vier Unzen können stärker sein als tausend Pfund ..."

Kommandant Tung sagte immer noch nichts, aber Mulan erkannte, dass seine Züge sich ein kleines bisschen entspannten. Vielleicht schaffte er es, über diesen einen Fehler hinwegsehen – so groß er auch gewesen war. Immerhin war Mulan nicht nur ein einfacher Soldat gewesen. Sie hatte sich immer wieder von Neuem bewiesen. Sie war eine erfolgreiche Schülerin, eine ehrgeizige Rekrutin und eine tapfere Soldatin gewesen. Das *konnte* er einfach nicht vergessen haben.

„Hua Jun würdet Ihr Glauben schenken“, rief eine Stimme aus der Menge in die Stille hinein. „Warum glaubt Ihr Hua Mulan nicht?“

Mulan fuhr herum und überblickte die versammelten Soldaten, die sie und Kommandant Tung beobachteten. Überrascht erkannte sie, dass ihr Unterstützer Honghui war. Er sah ihr in die Augen und nickte ihr zu. Obwohl es nur eine kleine Geste war, bedeutete sie für Mulan alles.

„Sie hat alles aufs Spiel gesetzt, als sie uns ihre wahre Identität enthüllte“, sprach Honghui immer überzeugter weiter. „Sie ist tapferer als jeder Einzelne von uns Männern.“ Er stellte sich herausfordernd den anderen entgegen, falls es jemand wagen sollte, ihm zu widersprechen.

Als Mulan ihn beobachtete, spürte sie einen Kloß im Hals. Obwohl sie ihn getäuscht hatte, stand Honghui nun für sie ein. Das war viel mehr, als sie sich erhoffen durfte, und sie war ihm immens dankbar. Hoffnung flammte auf, als die anderen Soldaten Honghuis Beispiel folgten und ihr nacheinander zu Hilfe kamen. „Ich glaube Hua Mulan!“, sagte einer. „Ich auch!“, rief ein anderer. Mulans Herz machte einen Sprung, als Cricket, Po und sogar Yao sich für sie einsetzten. Sogar ohne Männerkleider glaubten sie an sie.

Doch tat es auch Kommandant Tung?

Mulan sah ihren Anführer an. Sein Ausdruck war wie versteinert, seine Gedanken unmöglich zu lesen. Lange standen sie einander Auge in Auge gegenüber, wortlos und regungslos. Die Rufe der Soldaten verstummten.

„Bringt mir mein Schwert!“, sagte Kommandant Tung schließlich. Als Sergeant Qiang seinem Befehl folgte, tauschten die Soldaten nervöse Blicke aus. Was hatte der Kommandant vor? Mulan bereitete sich auf das Schlimmste vor. „Hua Mulan“, begann Kommandant Tung und sprach sie dabei zum ersten Mal mit ihrem richtigen Namen an, „deine Taten haben Schande über dieses Regiment gebracht, über das Kaiserreich und über deine Familie.“ Er hielt einen Moment inne. Als er die Stimme wieder erhob, lag darin sein ganzer Respekt. „Doch deine Treue und deine Tapferkeit stehen außer Frage. Du wirst uns auf unserem Ritt in die Kaiserstadt anführen!“ Damit wandte er sich an die anderen Soldaten: „Sattelt die Pferde!“

Unverzüglich kam Bewegung in die Soldaten und Mulan begab sich zu ihren Freunden. Damals, als sie den Schrein erklommen hatte, war sie stolz gewesen, und sie hatte sich stark gefühlt, als sie die feindlichen Soldaten mit der herabdonnernden Lawine hereingelegt hatte. Doch nichts war vergleichbar mit dem Gefühl, das sie jetzt empfand. Sie würde losreiten, um den Kaiser zu retten. Und zwar nicht nur als Soldat, sondern als Anführerin – und als sie selbst.

ZWANZIG

Im Palast des Kaisers war alles ruhig. Die Sonne warf lange Schatten durch die Fenster des Thronsaales. Auf dem Thron saß der Kaiser und war in Gedanken versunken. Er hatte noch mehr beunruhigende Nachrichten von Böri Khan und seinen Schattenkriegern erhalten, die entlang der Seidenstraße immer größere Verwüstung anrichteten. Über kurz oder lang würden sich Angst und Panik breitmachen. Und das bedeutete stets Instabilität.

Dazu durfte es nicht kommen. Er musste sein Volk beschützen und sein Kaiserreich vor Schaden bewahren.

Als sich die Pforte zum Thronsaal geräuschvoll öffnete, blickte der Kaiser auf. Mit eiligen Schritten kam sein Kanzler auf ihn zu. Am Thron angekommen, machte er eine tiefe Verbeugung. Als er sich wieder aufgerichtet hatte, sagte er zum Kaiser: „Eure Majestät? Darf ich Euch sprechen, allein?"

Der Kaiser nickte und versuchte, sich seine Sorge nicht anmerken zu lassen, während sich die Offiziere und anderen Bediensteten zurückzogen. Er kannte den Kanzler schon sehr lange, und sein Gesichtsausdruck sagte ihm, dass etwas ganz und gar nicht stimmte.

Unglücklicherweise hatte er recht. „Kundschafter haben mir berichtet, dass sich Böri Khan in die Stadt eingeschleust hat", sagte der Kanzler mit alarmierter Stimme. „Er belagert mit einer kleinen Truppe von gefährlichen Kriegern den Neuen Palast."

Der Kaiser senkte nachdenklich den Kopf. Seine Gedanken überschlugen sich. Es war kühn von Böri Khan, den Neuen Palast anzugreifen. Das Gebäude war gerade erst errichtet worden und noch nicht fertiggestellt. Der Palast war zu Ehren seines Vaters erbaut worden und bedeutete dem Kaiser viel. Außerdem war er weniger streng bewacht, was ihn zu einem leichten Ziel für die Angreifer machte.

Sollte es Böri Khan gelingen, ihn einzunehmen, wäre das ein starker Beweis seiner Macht.

Als der Kaiser aufblickte, war der gütige Gesichtsausdruck, den er normalerweise trug, verschwunden. An seine Stelle war der Blick eines erbarmungslosen und tödlichen Kriegers getreten. „Ruft meine Leibgarde zusammen“, sagte er. „Wir reiten sofort hin.“

„Eure Majestät“, protestierte der Kanzler. „Das ist viel zu gefährlich.“

„Ich schätze Eure Treue und Sorge sehr“, sagte der Kaiser. Doch es war offensichtlich, dass er nicht die Absicht hatte, auf seinen Berater zu hören. Er gab den Generälen und Offizieren, die sich nach hinten zurückgezogen hatten, ein Zeichen, vorzutreten, und setzte dazu an, ihnen Befehle zu erteilen.

Doch der Kanzler unterbrach ihn, bevor er etwas sagen konnte. „Verzeiht meine Dreistigkeit, Eure Majestät ...“, begann er und erntete einen strengen Blick des Kaisers. Doch er deutete ihm mit einem Nicken, dass er fortfahren durfte. „Übertragt mir den Oberbefehl über die Kaiserliche Armee. Lasst mich Euch zumindest folgen und den Neuen Palast umstellen.“ Schweigend wog der Kaiser die Worte des Kanzlers ab. Der Kanzler nutzte die Stille, um ihn weiter zu bedrängen. „Bitte denkt an Eure Untertanen. Eure Sicherheit muss auf alle Fälle gewahrt bleiben."

Der Kaiser überlegte. Er hätte eine andere Wahl getroffen, aber der Kanzler hatte recht. Sich ohne Verstärkung mitten in die Arme des Feindes zu werfen, war ein törichtes Unterfangen, das damit enden konnte, dass das Reich ohne Herrscher blieb ...

Er wandte sich um und gab seine Befehle: „Ich mache meinen Kanzler zum Oberbefehlshaber der Kaiserlichen Wache. Sein Befehl ist mein Befehl." Die Generäle und Offiziere verneigten sich zustimmend, während der Kaiser mit lauter Stimme weitersprach: „Dieser Barbar greift unsere Handelsstraßen an! Dieser Mörder bedroht unseren Lebensstil! Ich werde diesen Böri Khan töten, wie ich schon seinen Vater getötet habe – mit meinen eigenen Händen."

Ohne ein weiteres Wort schritt der Kaiser aus dem Thronsaal. Der Kanzler sah ihm nach. Minutenlang stand er nur da, mit schmal zusammengekniffenen Augen und verschränkten Fingern, während die Generäle und Offiziere aufgeregt umherliefen. Dann begab er sich zum Fenster. Ein Anflug von Genugtuung blitzte in seinen Augen auf, als er sah, wie der Kaiser, flankiert von seinen Wachen, den Palast verließ.

Danach machte er auf dem Absatz kehrt und wandte sich an einen der dienstälteren Offiziere. „Versammelt unverzüglich alle Kaiserlichen Wachen auf dem Platz. Das gilt für *alle* Wachen, auf jedem Turm und an jedem Tor.“

Die Reaktion auf den Befehl war bestürztes Gemurmel. „Aber wer soll dann die Stadt schützen?“, fragte der Offizier.

„Ihr hinterfragt das Urteil Seiner Majestät des Kaisers?“, fauchte der Kanzler ungehalten zurück.

Sofort schüttelte der Offizier den Kopf. „Natürlich nicht“, ruderte er zurück. „Ich werde umgehend dafür sorgen.“

Als der Thronsaal sich endlich geleert hatte, steuerte der Kanzler auf den Thronsessel zu. Unterwegs hob er die Hand und entfernte eine Nadel, die hinten in seinem Nacken steckte. Augenblicklich sackte der Körper des Mannes bewusstlos zu Boden, und einhundert kleine Vögel stiegen daraus empor. Die ganze Zeit über hatte also Xianniang aus ihm gesprochen. Die Vögel zischten zur geöffneten Tür hinaus und hoch in den Himmel.

Das war das Signal.

Unten an der Baustelle des Neuen Palastes sah Böri Khan die Vögel aufsteigen. Er grinste. Xianniang hatte es also geschafft. Sie hatte den Kaiser davon überzeugt, den Palast unbewacht zu lassen und direkt in seine Falle zu laufen. Der Mann war ein Narr. Nun würde er für alles bezahlen. Er gab den Schattenkriegern ein Handzeichen und sah zu, wie seine Männer unter das Gerüst entlang des westlichen Wachturmes schlüpften und verschwanden.

Vor den Toren der Kaiserstadt hielt Mulan Black Wind an. Sie waren, so schnell es ging, von der Berggarnison hierher geritten, und Pferde wie Reiter waren erschöpft. Doch der Anblick der geöffneten und unbemannten Tore versetzte Mulan und die anderen kaiserlichen Soldaten in Alarmbereitschaft. Irgendetwas war hier faul. Sie hieb in Black Winds Flanken und gemeinsam mit den anderen preschte sie los.

Die Bürger der Stadt sprangen erschrocken aus dem Weg. Die Soldaten wurden nicht langsamer, bis sie den mit Mauern umgebenen Platz vor dem kaiserlichen Schloss erreicht hatten.

Als sie durch die Tore hineingeritten waren, zog Mulan die Zügel an und sah über die Schulter zurück zu Kommandant Tung. Auch in seinem Blick lag große Sorge. Der Platz hätte nicht offen sein dürfen. Die Tore sollten bewacht sein. Wo waren die Männer, deren Aufgabe es war, den Palast und den Kaiser zu schützen?

Plötzlich ertönte das Geräusch von quietschendem Holz. Mulan fuhr herum und sah, dass die Tore zum Palastplatz sich schlossen. Eine Sekunde später fielen sie polternd zu. Sie waren gefangen!

„Es ist eine Falle!“, rief sie den anderen Soldaten zu, deren Pferde nervös wieherten.

Kommandant Tung zog sein Schwert und rief seinen Soldaten Befehle zu, damit sie sich formierten. In diesem Augenblick tauchten an den Balkonen, die rings um den Platz verliefen, dunkle Gestalten auf. Es waren Böri Khans Schattenkrieger. Sie schwangen sich über die Balkone hinunter und landeten wie geschmeidige Tänzer auf der Erde. Die Schwerter hielten sie zum Kampf bereit.

Der Kommandant wandte sich an Mulan und befahl: „Du beschützt den Kaiser!“

Mulan zögerte keinen Augenblick. Sie sprang aus dem Sattel und rannte quer über den Platz. Dabei schwang sie ihr Schwert in präzisen, fließenden Bewegungen, um die Angreifer abzuwehren. Kommandant Tung wies die anderen Soldaten an, ihr den Weg frei zu halten. Honghui, Cricket, Po und der Rest der Soldaten rannten sofort los, um die feindlichen Krieger von Mulan fernzuhalten.

Mulan, die nun freie Bahn hatte, lief in den Palast, auf der Suche nach dem Kaiser. Sie machte sich eilig auf den Weg zum Thronsaal. Während sie rannte, dankte sie innerlich Kommandant Tung dafür, dass er sie so gut vorbereitet hatte. Denn unterwegs zur Kaiserstadt hatte er ihr haargenau erklärt, wie der Palast aufgebaut war, nur für den Fall, dass sie getrennt würden. So bog sie erst links und einmal rechts ab, dann rannte sie die Treppe hoch, bis sie vor den Türen des Thronsaales stand. Sie stieß sie auf und betrat den Saal. Hinter ihr fielen die Türen wieder ins Schloss, und die Kampfgeräusche, die von draußen hereingedrungen waren, verstummten. Als sie auf dem Thron eine Gestalt sitzen sah, durchquerte sie geschwind den lang gezogenen Raum und verbeugte sich.

„Eure Majestät", sagte sie, erleichtert, dass ihr Staatsoberhaupt wohlauf war. „Ich bin Hua Mulan vom 5. Bataillon. Ich bin gekommen, um Euch zu beschützen."

„Das wird nicht möglich sein."

Mulan hob überrascht den Kopf, als sie die bekannte Stimme hörte. Als sich ihre Augen an die Dunkelheit im Thronsaal gewöhnt hatten, sah sie, dass nicht der Kaiser auf dem Thron saß, sondern Xianniang. Die Hexe starrte sie an. Dann erhob sie sich und sprach mit ungläubiger Stimme: „Eine *Frau*, die eine Männerarmee anführt …“

Mulan runzelte die Stirn. Sollte die Hexe doch denken, was sie wollte. Die Wahrheit war, dass Kommandant Tung, Honghui und all die anderen sie akzeptiert hatten. Und nun zählten sie auf sie. „Wo ist der Kaiser?“, fragte sie und näherte sich mit gezogenem Schwert dem Thron.

Doch ihr Schritt verlangsamte sich, je näher sie Xianniang kam. Das Gesicht der Hexe war von Schmerz und Trauer gezeichnet, was ihren kantigen Zügen eine seltsame Schönheit verlieh. Sie sah verwundbar aus – und verängstigt. Mulan wollte sie fragen, was geschehen war, doch es war nicht nötig. Sie wusste es auch so. Böri Khans Sieg war nicht mehr weit, und dennoch war Xianniang allein. In vielerlei Hinsicht.

„Du hattest recht“, sagte Mulan und ließ die Waffe sinken. „Du und ich, wir sind wirklich gleich.“

Xianniang schenkte Mulan ein kleines, trauriges Lächeln. „Mit nur einem Unterschied: Dich akzeptieren sie jetzt, doch mich werden sie niemals akzeptieren.“ Eine Träne rollte über ihre die Wange.

Mulan hatte Mitleid mit ihr. Noch vor Kurzem hatte

auch sie das Gefühl gehabt, nirgendwo auf der Welt hinzugehören. Und doch war es Xianniang gewesen, die ihr die Kraft verliehen hatte, zu ihrer wahren Identität zu stehen. Wenn es ihr jetzt nur gelänge, Xianniang davon zu überzeugen, dass es auch einen anderen Weg gab.

„Immer wieder hast du beteuert, dass meine Reise zwecklos sei", sagte Mulan mit sanfter Stimme, während sie auf den Thron zuging. „Und doch stehe ich nun hier, als lebendiger Beweis, dass es doch einen Platz gibt für Menschen wie uns."

„Nein", erwiderte Xianniang und ließ resigniert den Kopf hängen. „Für mich ist es zu spät."

Mulan schob ihr Schwert zurück in die Scheide. So näherte sie sich unbewaffnet und verwundbar dem Thron.

Lange musterten die Kriegerin und die Hexe einander. Mulan bewegte sich nicht und atmete ruhig, während sie Xianniang dabei beobachtete, wie sie mit sich kämpfte, auf welche Seite sie sich schlagen sollte. „Bitte", flehte Mulan, „ich brauche deine Hilfe."

Mulan konnte aus dem Ausdruck der Hexe nichts herauslesen. Irgendwann trat Xianniang einen Schritt vor. Mulan stockte der Atem. Was würde sie jetzt tun?

Xianniang stieß ein so durchdringendes Kreischen aus,

dass Mulan die Hände über die Ohren schlug. Dann ließ die Hexe ihren Dolch fallen und rannte die Stufen, die zum Thron führten hinunter, geradewegs auf Mulan zu. Doch ehe sie mit Mulan zusammenstieß, kreischte Xianniang abermals und verwandelte sich in den Falken. Sie flog über Mulans Kopf hinweg und verschwand durch die Türen am anderen Ende des Saales.

Mulan rannte hinter dem Falken her in die Eingangshalle und weiter die Treppen hinunter, bis sie schließlich draußen vor dem Tor oberhalb des Palastplatzes ankam. Sie hob den Blick und sah den Falken über der Stadt weiterfliegen, bis er kehrtmachte und in die Richtung des Neues Palastes flog.

Mulan nahm die Verfolgung auf. Unter ihr kämpften Kommandant Tung und seine Soldaten, um die Schattenkrieger zurückzudrängen. Unterdessen kletterte Mulan auf eines der Dächer über dem Platz und rannte über die Dachziegel hinweg weiter. Wenn ein Dach zu Ende war, sprang sie auf das nächste, bis sie das Palastgelände hinter sich gelassen hatte und auf die angrenzenden Häuser gelangte. Trotz der großen Höhe lief sie unbeirrt voran. Bald hatte sie die Baustelle des Neuen Palastes erreicht.

Erst jetzt wurde sie langsamer. Sie sprang zu Boden und

verschnaufte einen Augenblick, während sie den Falken im westlichen Wachturm verschwinden sah. Ihre Mundwinkel formten sich zu einem kleinen Lächeln. Tief im Inneren hatte sie es gewusst, dass Xianniang ihren Hilferuf erhören würde. Irgendwo in diesem Gebäude befanden sich also der Kaiser – und Böri Khan. Jetzt musste sie sie nur noch finden.

„Was suchst du hier?"

Böri Khans Stimme bebte vor Zorn, als Xianniang durch das Fenster in den Turm flog. Der Anführer der Rouran stand auf einem hölzernen Podest, der Kaiser war hinter ihm an einen Pfahl gefesselt. Xianniang ignorierte die zornigen Blicke des Kriegers, während sie sich in ihre eigentliche Gestalt zurückverwandelte und sich ihm näherte.

Böri Khan hatte keine Macht mehr über sie.

„Der Angriff ist auf heftigen Widerstand gestoßen", berichtete Xianniang.

Böri Khan sah sie ungläubig an. „Durch wen?"

Fast hätte Xianniang gelächelt, doch sie blieb ernst und kontrolliert, als sie sagte: „Eine junge Frau aus einem kleinen Dorf."

Böri Khan lachte höhnisch. „Ein Mädchen?“

Xianniang begab sich an den Rand des Turmes und überblickte die Baustelle. Unten sah sie, wie Mulan auf den Turm zurannte. Sie war ruhig und gefasst, ihr Ausdruck hoch konzentriert. Da wandte sie sich zurück zu Böri Khan und schüttelte den Kopf. „Nein, eine *Frau*. Eine Kriegerin.“ Die Hexe sagte es laut und stolz. „Sie führt eine Truppe tapferer und treuer Soldaten an. Der Rest der Armee ist nicht weit entfernt.“ Sie lächelte, als sie sah, wie ihre Worte Böri Khans Gesicht vor Zorn verzerrten. Er schaute aus dem unfertigen Fenster, als könnte er von dort die Armee herannahen sehen. Stattdessen erblickte er Mulan, die auf ihn zusteuerte und drohte, seinen Plan zunichtezumachen.

„Es ist eine Frau, die ihre Armee anführt“, wiederholte Xianniang und betonte dabei genüsslich jedes Wort. „Und sie ist *kein* geprügelter Hund.“

„*Du* warst es, die sie hierher geführt hat!“, beschuldigte sie Böri Khan und klang dabei fast überrascht.

„Ihr hättet mir nicht vertrauen sollen“, sagte sie. Sie erinnerte sich an die Unterhaltung, die sie vor nicht allzu langer Zeit miteinander geführt hatten. Nur jetzt hatte *sie* die Oberhand. Denn Xianniang brauchte ihn nicht mehr. Und er wusste das.

Böri Khan wurde blutrot im Gesicht und seine Hände begannen vor Zorn zu zittern. Er schnappte sich seinen Bogen vom Rücken, spannte einen Pfeil ein und zielte auf die Hexe.

Xianniang rührte sich nicht, sondern hob einzig und allein eine Augenbraue. „Denkst du wirklich, du kannst mich töten?“, fragte sie.

„*Dich* kann ich nicht töten“, antwortete Böri Khan. Und dann, schnell wie der Blitz, wandte er sich um und zielte auf Mulan, die das Gelände des Neuen Palastes durch die Tore betreten hatte und nun unten im Hof stand. „Aber sie“, sagte er grausam und schoss den Pfeil ab.

Xianniang verfolgte das Geschoss mit dem Blick, als bewegte es sich in Zeitlupe. Sie sah hinunter zu Mulan und wusste, dass sie das Mädchen nicht durch die Hand von Böri Khan sterben lassen durfte. Er war der Letzte einer langen Reihe von Männern, die Xianniang das Gefühl gegeben hatten, eingesperrt zu sein, und sie davon abgehalten hatten, ihre Macht auszuleben. Doch sie und Mulan waren gleich. Mulan hatte versteckt, wer sie wirklich war. Vielleicht nicht in Gestalt eines Vogels, doch aber in der Rüstung eines Mannes. Doch am Ende hatte sie mit ihrem wahren Ich Frieden geschlossen und anderen erlaubt zu sehen, wer sie wirklich war. Mulan hatte getan, wozu Xianniang niemals in der Lage gewesen wäre: Sie hatte sich ihre Freiheit erkämpft. Wenn sie jetzt starb, wäre alles, wofür sie stand, und alles, wofür sie gekämpft hatte, umsonst gewesen.

Xianniang wusste, was sie zu tun hatte.

Sie sprang hoch und verwandelte sich in den Falken. Mit einem kräftigen Flügelschlag holte sie den Pfeil ein, stellte sich ihm in den Weg und ließ zu, dass er sich in ihren Körper bohrte.

Während sie zu Boden fiel, hörte sie den Wind in den Ohren pfeifen. Kurz bevor sie auf dem Boden aufschlug, streckte Mulan die Arme nach ihr aus und fing sie auf. Als Mulan sie auf den Boden legte, verwandelte sie sich zurück in ihre Frauengestalt. Schwach lächelte sie Mulan zu, fühlte aber bereits, wie die Lebensgeister ihren Körper verließen.

Ihr Kopf wurde schwer, und Xianniang ließ ihn nach hinten sinken. Ein letztes Mal sah sie dabei in Mulans Augen, die voller Schrecken und Mitleid waren. „Nimm deinen Platz ein, Hua Mulan“, sagte sie noch, dann hörte sie auf zu atmen.

EINUNDZWANZIG

Der friedliche Ausdruck im Gesicht der toten Hexe gab Mulan ein wenig Trost. Sie hatte so lange unter der Unterdrückung Böri Khans gelitten, nur um ein wenig Anerkennung zu finden. Nun war sie endlich frei.

Mulan erhob sich und schob die Trauer von sich fort. Das Einzige, was sie für Xianniang jetzt noch tun konnte, war, Böri Khan zu besiegen und den Kaiser zu retten. Sie griff sich ihr Schwert und stürmte durch das Labyrinth der Baustelle.

Dann entdeckte sie plötzlich Böri Khan. Er stand mit dem Rücken zu ihr vor einem offenen Schmelzofen. Drinnen floss geschmolzenes Metall in eine riesige Wanne, die sich mit der glühend roten Flüssigkeit füllte. Da er auf den Ofen konzentriert war, bemerkte Böri Khan nicht, wie Mulan näher kam. Sie nutzte seine Unaufmerksamkeit und sah sich eilig nach dem Kaiser um. Als ihr Blick nach oben wanderte, entdeckte sie ihn endlich. Er war an einem Holzpfahl festgebunden und blutete aus mehreren Wunden, doch er war am Leben.

Mulan atmete noch einmal durch, dann schlich sie zu einem der niedrigeren Balken und sprang hoch. Von dort kletterte sie über die schrägen Querbalken, die im Zickzack den Raum hochführten, immer näher zum Kaiser. Sie hatte ihn fast erreicht, als sich ein bedrohlicher Schatten vor ihr aufbaute.

Es war Böri Khan, der sich zwischen sie und den Kaiser stellte. In dem düsteren Licht sah er sogar noch größer aus als sonst, wie eine Gestalt aus einem Albtraum. Er musterte sie eindringlich, dann lachte er höhnisch. „Das Mädchen, das kam, um die Dynastie zu retten“, sagte er in einem Ton, der vor Verachtung nur so triefte.

Mulan wusste, dass sie für Böri Khan nichts weiter zu

sein schien, als eine junge, schwache Frau. Aber da irrte er sich. Sie war mehr – viel mehr. Sie nahm Kampfstellung ein und hob ihr Schwert. „Wenn ihr Euch ergebt, garantiere ich euch einen schnellen, schmerzlosen Tod."

Doch Böri Khan lachte nur. Und dann griff er sie an. Mit einer runden, kräftigen Bewegung ließ er sein Schwert auf Mulan herabsausen. Der Schlag kam so schnell, dass Mulan ihn gerade noch mit ihrem eigenen Schwert abwehren konnte. Aber die Wucht des Schlages brachte sie aus dem Gleichgewicht. Sie fiel hin und schlug mit dem Rücken auf einen Balken unter ihr, dass es ihr die Luft abschnürte.

Als sie sich wieder auf die Beine gekämpft hatte, kam Böri Khan hinter ihr her. Sie taumelte rückwärts und konnte sich im letzten Moment vor seiner herabsausenden Klinge retten. Langsam bewegte sie sich auf dem Balken weiter und ließ dabei den Blick zwischen ihrem Angreifer und dem Kaiser hin- und herwandern.

Böri Khan griff sie wieder und wieder an und lachte dabei sein grausames, von den Balken zurückhallendes Gelächter. Sein Schwert zischte durch die Luft, und Mulan musste sich mit einem Salto auf einen anderen Balken retten, um ihm zu entkommen. Mit einem Klirren schnitt sein Schwert in das Holz, wo Bruchteile von Sekunden zuvor noch Mulan gestanden hatte. Die Kriegerin nutzte diesen Fehlschlag, um weiter nach oben zu laufen. Sie hörte, wie Böri Khan zornig aufbrüllte und abermals die Verfolgung aufnahm.

Sie liefen von Balken zu Balken, doch Mulan gelang es kaum, ihren Vorsprung vor dem riesigen Krieger zu halten. Doch am Ende schaffte sie es und erreichte die Stelle, wo der Kaiser gefesselt war. Da schwang Böri Khans Schwert wieder auf sie zu und sie konnte es nur im allerletzten Augenblick abwehren. Mit einem lauten Krach schlug Metall gegen Metall und Mulan kämpfte mit aller Kraft gegen seinen Angriff an. Schließlich schwang Böri Khan ein letztes Mal aus, diesmal jedoch mit solcher Gewalt, dass es Mulan das Schwert aus der Hand riss.

Voller Entsetzen musste Mulan zusehen, wie ihre Waffe hinunterfiel, immer weiter und weiter, und schließlich mit einem Zischen in den glühenden Metallbrei des Schmelzofens fiel. Sie stieß einen verzweifelten Schrei aus, als das Schwert ihres Vaters darin verschwand und zerschmolz.

Mulan starrte in die Glut. Sie hatte das Schwert ihres Vaters verloren. Sie hatte alles verloren. Wie sollte sie nun gegen den übermächtigen Khan bestehen können?

In diesem Moment hörte sie von oben eine Stimme. „Du bist eine mächtige Kriegerin."

Als sie hochsah, kreuzte sie den Blick des Kaisers. Obwohl er gefesselt war, wirkte er stark – und ruhig.

„Steige auf wie ein Phönix aus der Asche", sprach der Kaiser weiter. „Kämpfe für das Reich und seine Menschen."

Wie ein Phönix aus der Asche … Die Worte des Kaisers hallten in ihrem Kopf nach. War das mit ein Grund, warum der Phönix zu ihr gekommen war? War alles bis zu diesem Augenblick vorbestimmt gewesen? Sie dachte zurück, wie verzweifelt sie gewesen war, als sie in den Bergen am Rand des Abgrundes gestanden hatte, verstoßen und allein. Dann dachte sie an die Kraft, die sie entwickelt hatte, als sie Xianniang gegenüberstand und den Stolz, als Kommandant Tung sie endlich akzeptiert hatte. Trotz all der Hindernisse auf ihrem Weg hatte sie es geschafft. Sie *war* ein Phönix. Sie hatte sich in die Lüfte erhoben und war eine Kriegerin geworden.

Als sie hinter sich Flügelschläge hörte, richtete sich Mulan langsam auf und drehte sich um. Sie traute ihren Augen kaum, als der Phönix mit ausgebreiteten Flügeln heranschwebte. Der Vogel glich in keiner Weise mehr der zerrupften Kreatur, der Mulan am Anfang begegnet war. Nein. Er war wunderschön. Stark. Majestätisch. Die leuchtenden Farben seines Gefieders blendeten Mulan beinahe.

Bestärkt durch den Phönix und die Worte des Kaisers, wandte sich Mulan abermals Böri Khan zu. Der Krieger der Rouran zögerte eine Sekunde, verwundert über ihre Widerstandskraft, doch dann ging er erneut auf sie los.

Mulan sprintete los, um weiter gegen ihn zu kämpfen. Beinahe wäre sie in ihn hineingelaufen, doch im allerletzten Moment sprang Mulan hoch. Sie segelte hoch über Böri Khan hinweg und landete auf einem dünnen Bambusstab hinter ihm. Trotz der schmalen Trittfläche hielt Mulan die Balance und lachte Böri Khan spöttisch entgegen.

Der Krieger brüllte wutentbrannt und durchtrennte mit seinem Schwert den Bambusstock, doch Mulan ließ sich davon nicht aufhalten. Stattdessen sprang sie von einem Stab zum nächsten, während ihr Gegner wie wild durch die Luft hackte. Als die Stäbe zu Ende waren, streckte Mulan die Hand aus, fing flink einen der Bambusstöcke auf und sprang damit zu Boden. Ihr Atmen kam stoßweise. Mulan war erschöpft. Jeder Muskel schmerzte sie, und sogar ihre Knochen fühlten sich wund an. Sie hatte schon so lange gekämpft, und nun war ihr Gegner der stärkste von allen. Sie wusste nicht, wie lange sie das noch durchhalten würde. Doch wenn sie aufgab, würde der Kaiser sterben, und was würde dann aus dem Kaiserreich? Das Bild ihres Tulou kam ihr in den Sinn. Dieses friedliche Dorf, in dem seit Generationen dieselben Familien lebten. Was würde aus ihrem Zuhause werden? Aus ihrer Familie? Sie musste einfach weiterkämpfen. Da holte sie tief Luft und hob den Bambusstock.

Als Böri Khan sie wieder attackierte, wehrte sie seine Hiebe mit dem Stock ab. Dann wirbelte sie ihre neue Waffe so schnell im Kreis, dass man sie kaum noch sehen konnte. Böri Khan versuchte, den schwindelerregenden Bewegungen zu folgen, doch das brachte ihn aus dem Gleichgewicht. Mulan, die ihren Vorteil sah, stoppte die Kreiselbewegung und versetzte ihm einen Schlag mitten ins Gesicht. Er schrie auf und hielt sich mit der Hand die Wange.

Doch Mulan gönnte sich keine Pause. Wieder rannte sie zurück in die Richtung, wo der Kaiser war, und wieder war ihr Böri Khan dicht auf den Fersen. Sie musste weiterkämpfen und drehte sich um. Gerade noch rechtzeitig, denn Böri Khans Schwert sauste erneut auf ihren Kopf herab. Im letzten Moment hob sie den Bambusstab zur Verteidigung. Doch diesmal brach der Stock und Mulan schrie erschrocken auf. Das Schwert des Kriegers durchschnitt das Holz und erwischte danach auch noch ein Seil, das in der Nähe hing. Ohne den Halt des Seils löste sich ein Holzbalken vom Baugerüst und schwang – nur noch in der Mitte von einem zweiten Seil gehalten – in der Luft zwischen Mulan und der Stelle, wo der Kaiser gefangen war, vor und zurück. Da kam Mulan eine Idee. Sie wollte über den Balken zum Kaiser gelangen. Doch er war zu hoch, also klammerte sie sich mit den Händen daran fest. Durch ihren Sprung und ihr Gewicht begann der Balken, sich zu neigen und zu drehen.

Böri Khan, dessen Gesicht von unbändigem Zorn erfüllt war, nahm Anlauf und sprang an das andere Ende des Balkens. Das Holz ächzte unter dem Gewicht der beiden Krieger. Dann hangelten sich beide hoch und stellten sich aufrecht auf den schmalen Balken. Sie schwankten auf dem unruhigen Untergrund.

Als Mulan nach unten sah, schien ihr der Boden noch viel weiter weg als zuvor, und sie wurde nervös. Böri Khan würde nicht aufhören, bis er sie besiegt hatte. Jetzt kam er schon auf sie zu. Unter seinem Gewicht senkte sich ihre Seite des Balkens, sodass sie gezwungen war, weiter in die Mitte, zu ihm, zu rücken. Er würde nicht mehr als einen einzigen Schwertstreich benötigen, um sie hinunterzuwerfen. Nun wäre der Moment gewesen, den Rückzug anzutreten.

Doch irgendetwas in ihrem Hinterkopf erinnerte sie daran, warum sie weitermachen musste. Sie hörte Kommandant Tungs Stimme, der die drei Säulen der Tugend vorlas, sie hörte den Kaiser, der sie motiviert hatte, wie ein Phönix aus der Asche zu steigen, und sie sah den Phönix, diesen wunderbaren Vogel. Da wusste sie, dass sie nicht aufgeben würde.

Langsam beugte sie die Knie und hob die Arme. Sie nahm die vertraute Kriegerhaltung ein, die sie der Kommandant gelehrt hatte. Ihr Schwerpunkt war jetzt niedriger und sie konnte das Gleichgewicht leichter halten. Als Böri Khan sie angriff, bewegte sie sich geschmeidig vor und zurück, griff an und verteidigte sich. Dabei blieb sie stets hoch konzentriert.

Böri Khans Aufmerksamkeit hingegen schien abzunehmen. Geschickt konterte Mulan jede seiner Bewegungen, während sein Gesicht immer röter wurde. Seine Schwertbewegungen verloren an Präzision. Mit zornigem Gebrüll warf er sich ihr entgegen.

Mulan hingegen musste kaum noch etwas tun. Sie verwendete seine eigene Energie gegen ihn, indem sie ihn auf dem schmalen Balken an sich vorbeilaufen ließ und ihm dabei das Schwert aus der Hand schnappte. Als er am anderen Ende des Balkens angelangt war, drehte er um, musste aber feststellen, dass die Spitze seiner eigenen Waffe bereits auf seinen Hals gerichtet war.

Böri Khan konnte nur noch verblüfft zusehen, wie Mulan hochsprang, sich an einem Seil festhielt, das von der Decke hing, und begann, auf das Seil, an dem der Balken hing, mit dem Schwert einzuschlagen. Sie hieb immer wieder zu, bis das Seil irgendwann nachgab. Noch ein Schlag und es riss mit einem peitschenden Geräusch auseinander. Der Balken – und Böri Khan – stürzten in die Tiefe.

Ohne zu sehen, ob Böri Khan auf den Beinen landete oder nicht, schwang sich Mulan eilig zu dem Podest, wo der Kaiser immer noch gefesselt war. Mit immer schneller werdendem Herzschlag versuchte Mulan verzweifelt, die Fesseln durchzuschneiden. Als der Mann erschrocken die Augen aufriss, wusste sie, dass etwas nicht stimmte. Sie drehte sich geschwind um und sah, dass Böri Khan mit dem Bogen in der Hand unten auf dem Boden stand und auf sie zielte.

Er spannte den Bogen. Mulan schnitt schneller. In dem Moment, als Böri Khan den Pfeil abschoss, gelang es Mulan, die letzte Fessel zu lösen. Die Hand des Kaisers kam frei. Als der Pfeil kurz davor war, sich in seine Brust zu bohren, hob er den Arm und fing ihn aus der Luft ab. Mit einem trotzigen Blick warf er den Pfeil in die Höhe.

Sowohl Böri Khan als auch Mulan waren baff. Doch Mulan war die Erste, die sich wieder fing und ihre Chance witterte. Sie sprang hoch und drehte sich in der Luft herum. Dabei streckte sie das Bein und trat gegen das hintere Ende des immer noch fliegenden Pfeils, sodass die Spitze herumwirbelte und nun direkt auf Böri Khan zusauste.

Der riesige Krieger hob die Hand, um ihn zu fangen, doch er war nicht schnell genug. Angetrieben von Mulans Kraft und Willensstärke bohrte sich der Pfeil blitzschnell in Böri Khans Brust. Er sank zu Boden und bewegte sich nicht mehr.

Plötzlich war es still. Mulan begann erst langsam zu begreifen, was eben passiert war. Ihr ganzer Körper zitterte vor lauter Adrenalin und ihre Knie knickten ein. Sie drehte sich um. Dort stand der Kaiser und blickte sie an, doch sie konnte seinen Ausdruck nicht lesen. Da fiel sie vor ihm auf die Knie und verbeugte sich.

„Erhebe dich, Soldat“, sagte der Kaiser. Mulan erhob sich. „Sag mir deinen Namen.“

Mulan ließ sich einen Moment Zeit und atmete tief durch. Erst jetzt verstand sie allmählich, was sie gerade geleistet hatte: Sie hatte Böri Khan besiegt, den gefürchtetsten Krieger in ganz China. Sie hatte ihn mit ihrer eigenen Kraft und ihren eigenen Fähigkeiten überwältigt und so den Kaiser und das ganze Reich gerettet. Erinnerungen überschwemmten sie: Xianniang, die für sie ihr Leben geopfert hatte, Kommandant Tung, der sein Vertrauen in sie gesetzt hatte, und Honghui, der für sie Partei ergriffen hatte. Sie hatte so lange Zeit vorgegeben, jemand zu sein, der sie nicht war, in der Hoffnung, ihren Beitrag leisten zu können. Die Ironie an allem war, dass sie die ganze Zeit über immer nur sie selbst sein musste. Irgendwann hob sie den Kopf und erwiderte den Blick des Kaisers.

„Ich bin Hua Mulan“, antwortete sie, dass das Echo ihres Namens im Turm widerhallte. Sie lächelte.

ZWEIUNDZWANZIG

Der Kaiserpalast war hell erleuchtet. Hunderte von bunten Laternen schwebten am Himmel über den Köpfen der Menschen. Überall wurde gelacht und gefeiert. Ein Umzug, der von einem riesigen roten Drachen angeführt wurde, schlängelte sich durch die Hauptstraße, während der Klang von Musik und der Duft von köstlichen Speisen die Luft erfüllte.

Mulan stand inmitten des Thronsaales und war verwirrt. Die letzten Stunden erschienen ihr so unwirklich. Gleich nachdem sie dem Kaiser ihren Namen gesagt hatte, war die

Angst zu ihr zurückgekehrt. Ja, sie hatte den Kaiser gerettet, aber sie hatte es als Frau getan. Es war ihr immer noch verboten, zu kämpfen. Während sie ihm vom Neuen Palast zum Kaiserpalast folgte, wurde der Kloß in ihrem Hals immer größer. Sie war überzeugt, er würde sie betrafen. Doch zu ihrer Überraschung hatte er sie in den Palast geleitet, um sie zu ehren. Und nun stand sie dort, unendlich klein, im warmen Licht Dutzender Kerzen vor dem Thron, unter den neugierigen Augen der wichtigsten Leute der Stadt. Auch Kommandant Tung, Honghui und der Rest ihres Bataillons hatten sich unter die Anwesenden gemischt. Sogar Ramtish und Skatch waren da, die so frisch gewaschen und aufrecht stehend beinahe gut aussahen.

Da erhob sich der Kaiser von seinem Thron und kam auf Mulan zu. Sie verneigte sich und lächelte, als er ihr deutete, sich zu erheben.

„Hua Mulan", begann der Kaiser, dessen Stimme für alle im Saal deutlich zu hören war. „Mein Volk schuldet dir großen Dank. Ich verdanke dir mein Leben. Als Zeichen meiner Wertschätzung für deine Dienste und deine Opferbereitschaft lade ich dich in den Kreis meiner höchst dekorierten Krieger ein – als Offizier der Kaiserlichen Garde."

Mulan hörte überraschtes Tuscheln aus dem Publikum.

Was der Kaiser ihr da anbot, war die größte Ehre, die man einem Soldaten erweisen konnte. Mulan musste ihr Gesicht vom Kaiser abwenden, damit er nicht sehen konnte, wie gerührt sie war. Dabei streifte ihr Blick ihren Kameraden Yao, dem ebenfalls die Tränen über die Wangen liefen, während er Mulan voller Stolz ansah. Beim Bild des stämmigen Soldaten, der offen weinte, musste Mulan lächeln. Dann wandte sie sich wieder dem Kaiser zu. Sie wusste bereits, was sie ihm antworten würde.

„Eure Majestät", begann sie, „ich fühle mich zutiefst geehrt von Eurem Angebot. Es bedeutet mir unendlich viel. Doch bitte vergebt mir, wenn ich es nicht annehmen kann."
Wieder brach im Raum verständnisloses Murmeln aus. Nur Kommandant Tung schien sie zu verstehen und schenkte ihr ein bestärkendes Lächeln, bevor sie weitersprach: „Ich habe meine Heimat im Dunkel der Nacht verlassen und das Vertrauen meiner Familie missbraucht. Ich habe mit meinen Entscheidungen in Kauf genommen, Schande über meine Familie zu bringen. Ich habe einen Eid geschworen, stets treu, mutig und aufrichtig zu sein. Um diesen Eid zu erfüllen, muss ich nun nach Hause zurückkehren und meine Familie um Vergebung bitten."

Der Kaiser sagte eine Zeit lang nichts und wog Mulans

Antwort ab. Dann nickte er und sprach mit lauter Stimme zu seinen Untertanen: „Hingabe für die Familie ist eine wichtige Säule der Tugend!“ Während seine Schreiber diese wichtige, offizielle Erklärung des Kaisers notierten, wandte sich dieser Mulan zu. Er sagte eine Weile nichts, sondern sah sie nur mit seinen warmen Augen an, dass sie das Gefühl hatte, er schaue ihr direkt in die Seele. Als wäre er zufrieden mit dem, was er gesehen hatte, nickte der Kaiser erneut und sagte dann leise zu ihr: „So sei es, Hua Mulan.“

Damit wandte er ihr den Rücken zu und begab sich wieder zu seinem Thron. Mulan war entlassen und konnte sich unter die Soldaten mischen, ihre Freunde. Der Abend war noch jung und die Feierlichkeiten hatten eben erst begonnen. Für die nächsten paar Stunden, dachte Mulan, würde sie nicht an ihre Heimreise denken und einfach das Leben genießen. Danach würde sie noch genug Zeit haben, darüber nachzudenken, was sie ihrer Familie – und vor allem ihrem Vater – sagen würde.

Hinter der Kaiserstadt erhellte das erste Licht des Morgens den Horizont, als Mulan Black Wind über eine Brücke zum Stadttor führte. Am Himmel über ihr schwebten ein paar ziellose Laternen und ein leeres Boot schaukelte unter ihr im Wasser. Nach den ausgelassenen Feierlichkeiten war es in der Stadt still geworden. Und auch in Mulan.

„Du darfst nicht gehen."

Beim Klang von Honghuis Stimme wandte sie sich um. Überrascht stellte sie fest, wie sehr sie der Anblick des hübschen jungen Mannes aufwühlte. Den ganzen Abend über hatte sie versucht, ihn zu finden. Ohne Erfolg. Sie wollte ihm so viel sagen. Wie leid ihr alles tat und dass sie ihm die ganze Zeit über die Wahrheit sagen wollte. Sie wollte sich von ihm verabschieden. Doch jetzt, als er so vor ihr stand, fand sie nicht die richtigen Worte.

Honghui kam näher. Die aufgehende Sonne ließ sein Haar schimmern und seine Augen funkeln. Er lächelte ihr zu, und Mulan konnte nicht anders, als zurückzulächeln. „Der Kaiser hat mir die Erlaubnis erteilt, zu gehen", sagte sie. „Aber du willst es mir verbieten?"

„Wir haben uns nicht verabschiedet", antwortete Honghui.

„Leb wohl, Honghui", sagte Mulan.

„Leb wohl, Mulan."

Zwischen beiden entstand eine betretene Stille, während sie sich tief in die Augen blickten. Beide wollten – mussten –

noch etwas sagen, hofften aber, dass der andere den ersten Schritt tun würde. Mulan trat nervös von einem Bein auf das andere. Honghui fuhr sich mit der Hand durch das Haar. Mulan fragte sich, wie es wohl wäre, diese Hand in ihrer zu halten.

Als hätte er ihre Gedanken gelesen, streckte er die Hand aus und versuchte, ihre Finger von Black Winds Zügeln zu lösen. Nervös klammerte sich Mulan noch fester an den Ledergurt. Da schüttelte Honghui den Kopf.

„Willst du denn meine Hand noch immer nicht nehmen?“, fragte er. Seine Stimme war sanft und gefühlvoll.

Warum nur zögerte sie? Es war doch Honghui, der hier vor ihr stand und ihre Hand halten wollte. Trotzdem hatte sie in diesem Augenblick mehr Angst, als je zuvor – den Kampf gegen Böri Khan eingeschlossen. Das hier fühlte sich realer, gefährlicher und wichtiger an. Zwischen ihnen herrschte eine elektrische Spannung, die sie noch nicht benennen konnte. Mulan hielt den Atem an und ließ zu, dass sich ihre Finger um seine schlossen. Eine Woge der Gefühle brach über sie herein. Erstaunt blickte sie auf ihre verschlungenen Hände hinunter und konnte plötzlich die Zukunft vor sich sehen. Sie hob den Kopf und erwiderte Honghuis Blick. Es war das erste Mal, dass sie ihn wirklich ansah, und das erste Mal, dass sie zuließ, von ihm angesehen zu werden – als Mulan. Sie neigte sich zu ihm hin, näher und näher, bis ihre Lippen nur noch wenige Zentimeter voneinander entfernt waren.

„Ich habe noch nie zuvor einen Mann geküsst", flüsterte sie.

Honghui lächelte: „Ich auch nicht."

Und so trafen sich ihre Lippen. Während sie sich küssten, hielten sie ihre Finger eng ineinander verschlungen. Es war perfekt.

Doch irgendwann zog sich Mulan zurück. Ihre Wangen erröteten, sie strich sich eine Haarsträhne aus dem Gesicht und lächelte Honghui scheu an. Wenn es nach ihr ging, hätte sie für den Rest ihres Lebens auf dieser Brücke stehen und Honghui küssen können. Aber sie hatte dem Kaiser gesagt, dass sie zu ihrer Familie müsse, und sie durfte sich von dieser Absicht nicht ablenken lassen, auch wenn die Ablenkung noch so schön war.

Also nahm sie die Zügel wieder zur Hand und warf sie Black Wind über den Kopf. Dann sprang sie in den Sattel. Mit einem letzten Blick zurück und ohne etwas zu sagen – aus Angst ihre Stimme könnte vor Rührung versagen – drehte Mulan um und ritt davon. Doch noch bevor sie das

Tor erreicht hatte, hörte sie, wie Honghui ihr hinterherrief: „Wir werden uns wiedersehen, Hua Mulan!"

Mulan drehte sich um und sah ihn winkend an der Stelle stehen, wo sie ihn verlassen hatte. Sie lächelte ihm noch einmal zu. *Ja*, dachte sie, *das hoffe ich auch*. Dann preschte sie mit Black Wind durch das Tor davon und ließ die Kaiserstadt und Honghui hinter sich.

Nach langer Reise traf Mulan endlich in ihrem Heimatdorf ein. Ihr Herz klopfte laut. Während des gesamten Rittes zwischen dem Palast und zu Hause hatte sie darüber nachgedacht, was sie sagen würde, wenn sie ihre Familie wiedertraf. Doch nun, als es fast so weit war, überkam sie die Angst. Was, wenn sie sie nicht zurückhaben wollten?

Als sich Black Winds Schritt verlangsamte, lugten bereits einige neugierige Dorfbewohner in den Innenhof hinaus, um zu sehen, wer angekommen war. Als sie Mulan erkannten, erhellten sich ihre Gesichter. Nur die Heiratsvermittlerin, die sich ebenfalls vor die Haustür begeben hatte, schaute noch grimmiger als sonst.

Als Mulan im Hof stehen blieb, sah sie, dass die Tür zur Wohnung ihrer Familie offen stand. Im nächsten Augenblick stürmte ihre Schwester heraus. Sobald Mulan Xiu erblickt hatte, war jede Furcht wie weggeblasen. Sie sprang vom Pferd, rannte ihrer Schwester entgegen und fiel ihr in die Arme. Sie war zu Hause.

Mulan löste sich aus der Umarmung und lächelte Xiu glücklich an. Ihre kleine Schwester sah irgendwie … verändert aus. Doch als Xiu zu sprechen begann, war ihre fröhliche und warmherzige Stimme dieselbe wie immer. „Ich muss dich so viele Dinge fragen!“, rief sie, schnappte sich Mulans Hand und drückte sie.

Mulan lachte. „Erzähl du zuerst“, bat sie.

„Ich bin verlobt“, sagte Xiu und musste lachen, als sie Mulans verdutztes Gesicht sah. „Du wirst ihn mögen.“

„Ich freue mich so für …“ Mulan kam nicht mehr dazu, den Satz zu Ende zu sprechen, denn ihre Mutter kam angelaufen, drängte sich zwischen die beiden Schwestern und nahm Mulan in die Arme. Sie zitterte am ganzen Körper, während sie Mulan ganz festhielt. Es war nicht nötig, dass sie etwas sagte: Mulan wusste, dass sie ihr vergeben hatte.

Doch dann sah sie hinter ihrer Mutter ihren Vater stehen. Er stützte sich schweigend auf seinen Stock. Sein Ausdruck war leer, und in seinen Augen war unmöglich zu lesen, was gerade in ihm vorging. Da löste sich Mulan von ihrer Mutter und ging zu ihm. Wieder begann ihr Herz zu rasen. Sie hatte die Rede, die sie für ihren Vater vorbereitet hatte, hundert Mal geprobt, doch jetzt suchte sie nach Worten.

„Vergib mir, Vater. Ich habe dein Pferd gestohlen, deine Rüstung und dein Schwert." Bei der Erwähnung des Schwertes schluckte sie. Sie hielt kurz inne, um neuen Mut zu schöpfen, wie sie es auf dem Schlachtfeld gelernt hatte. „Und ich habe es verloren. Das Schwert ist fort. Ich weiß nun, wie viel es dir bedeutet hat."

Stille legte sich über sie, während Mulan auf die Antwort ihres Vaters wartete. Als er schließlich sprach, zitterte seine Stimme: „Nichts auf der Welt kann mir mehr bedeuten als meine Tochter." Dann quollen Tränen aus seinen Augen. „Ich schulde dir eine Entschuldigung. Es war mein törichter Stolz, der dich von uns fortgetrieben hat."

Mulan schüttelte den Kopf, doch dann hob Zhou die Hand. Er sah sich seine Tochter genau an, musterte ihre Rüstung und ihre aufrechte Haltung. Er nickte zustimmend, als verstünde er erst jetzt, wer sie war. „Ein Krieger erkennt einen anderen", sagte er nun mit stolzer Stimme. „Du warst immer hier unter uns, und doch sehe ich dich zum ersten Mal." Dann nahm er seine Tochter in die Arme. Mulan ließ sich darin fallen und konnte endlich wieder glücklich sein.

Als nun alle wieder vereint waren, jubelte Mulans Mutter auf und lief voran zum Tempel, um den Ahnen zu danken. Mulan musste lächeln, als sie die Statue des Phönix erblickte, mit ihrem schiefen Kopf und dem krummen Flügel.

Plötzlich unterbrach eine unangenehm laute und nasale Stimme das glückliche Wiedersehen. Mulan wandte sich um. Es war die Heiratsvermittlerin, die auf die Familie zustürmte. „Kein Mann im ganzen Königreich wird Mulan jetzt noch zur Frau nehmen", krähte sie.

Schon wollte Mulan protestieren, da schritt ihr Vater ein. Er schüttelte den Kopf und sagte: „Kein Mann im ganzen Königreich ist gut genug für meine Mulan." Dann kehrte er der Heiratsvermittlerin den Rücken zu und gesellte sich mit Mulan zum Rest der Familie, der beim Tempel auf sie wartete. Mulan streckte den Arm aus und rückte dem Phönix den Kopf gerade. „Ich danke dir", flüsterte sie. „Danke, dass du auf mich aufgepasst hast. Danke für alles."

Auf einmal hörte man das Geräusch von Hufschlägen näher kommen. Kurz darauf kam das Banner des Kaisers in Sicht und die Kaiserliche Garde ritt in den Innenhof. Den

Dorfbewohnern blieb der Mund offen stehen, als ihnen klar wurde, wer die Männer waren. Dem Dorf war noch nie die Ehre eines Besuches der Kaiserlichen Garde zuteilgeworden, bis jetzt.

Zhou witterte im Erscheinen der Garde eine Gefahr für Mulan und wandte sich hektisch zu seiner Tochter um. „Die Soldaten sind gekommen, um dich zu bestrafen!", rief er. „Schnell, du musst dich verstecken!"

Mulan schüttelte den Kopf. „Ich verstecke mich nicht mehr." Dann erhob sie sich und ging den Soldaten entgegen, die im Hof angehalten hatten. Der Anführer nahm den Helm ab. Als Mulan sah, wer es war, strahlte sie vor Freude. Es war Kommandant Tung, der zu ihr heruntersah und nickte. Dann wandte er sich an Mulans Vater. „Hallo, alter Freund", sagte er.

Zhou, der immer noch keine Ahnung hatte, was hier vorging, trat vor Mulan. „Tung Yong", grüßte er den Kommandanten. „Es ist mir eine Ehre, Euch und die Kaiserliche Garde zu empfangen, aber wenn Ihr hier seid, um Mulan zu strafen, müsst ihr erst an mir vorbeikommen." Seine Hand schloss sich fester um den Gehstock und er richtete sich auf. Nur Mulan bemerkte, dass sein schlimmes Bein zitterte.

Kommandant Tung schüttelte den Kopf. „Ich glaube, das wird nicht nötig sein.“ Dann gab er einem Gardisten hinter sich ein Zeichen. Dieser saß ab und holte eine lange, reich verzierte Schatulle hinter dem Sattel hervor und trug sie nach vorn. Kommandant Tung erhob die Stimme, sodass das gesamte Dorf ihn hören konnte. „Auf Befehl Seiner Majestät des Kaisers überbringe ich dieses Geschenk Hua Mulan. Sie hat Ehre über ihre Vorfahren, ihre Familie, ihr Dorf und über das gesamte Kaiserreich gebracht.“

Während der Kommandant sprach, blickte Zhou verblüfft zwischen Mulan und seinem alten Freund hin und her. Ringsum sahen die anderen Dorfbewohner mit weit aufgerissenen Augen zu, und die Heiratsvermittlerin, die ganz besonders aufmerksam zugehört hatte, fiel vor Schreck in Ohnmacht. Niemand beachtete den lauten Plumps, mit dem die dicke Frau zu Boden fiel, auch nicht der Soldat, der Mulan nun die Schatulle überreichte.

Mulan besah sich das kaiserliche Geschenk und blickte dann zu Kommandant Tung auf. Sie war nicht sicher, was jetzt zu tun war. Doch als Kommandant Tung ihr aufmunternd zunickte, öffnete sie den Deckel der Schatulle. Mulan war sprachlos. In der Schatulle lag ein Schwert. Fasziniert hob sie es aus der Kassette und zog die Klinge aus der Scheide.

Als sie es hochhielt und bewundernd drehte, glitzerte es in der Sonne. Es war eine edle Waffe, die in Mulans Händen besonders erhaben wirkte.

„Wie es einer großen Kriegerin gebührt", sprach Kommandant Tung weiter, „trägt das Schwert eine Inschrift mit den Säulen der Tugend."

Zhou sah wie gebannt auf das Schwert seiner Tochter und flüsterte die Worte, von denen er wusste, dass sie darin eingraviert waren. „Treu. Mutig. Aufrichtig …" Doch er erkannte noch ein weiteres Schriftzeichen, das auf der Rückseite des Griffes stand. „Was ist die vierte Tugend, die ich darauf erkenne?", fragte er erstaunt.

Kommandant Tung lächelte. „Lies es uns laut vor, Mulan", bat er.

Behutsam strich Mulan mit den Fingerspitzen über die Inschrift. Sie las die Worte zuerst leise für sich, und danach laut, damit es alle hören konnten: „Hingabe für die Familie". Indem der Kaiser sein Dekret in Mulans Schwert gravieren ließ, wollte er sie stets daran erinnern, was sie zu Ehren ihrer Familie geopfert und geleistet hatte.

Mulan löste den Blick von dem Geschenk und sah ihrem

Vater in die Augen. Er war überwältigt vor Stolz und stand aufrechter vor ihr, als in seinen besten Tagen als Soldat. „Du hast Ehre über uns alle gebracht, Mulan", sagte er schließlich.

Mulans Herz machte einen Sprung. Diese Worte waren das, was sie sich immer zu hören gewünscht hatte. Sie waren der Grund, warum sie so hart gekämpft hatte, der sie angespornt hatte, weiterzumachen und ihr Qi zu finden, wenn sie schon längst hätte umkehren sollen.

Kommandant Tung riss sie aus den Gedanken, als er wieder das Wort an sie richtete. „Seine Majestät der Kaiser bittet dich, seine Einladung, dem Kreis der höchstdekorierten Krieger als Offizierin der Kaiserlichen Garde beizutreten, noch einmal zu überdenken." Erneut brach Gemurmel unter den Dorfbewohnern aus. Man konnte kaum glauben, dass *ihrer* Mulan ein so vornehmer Posten angeboten wurde. „Der Kaiser wartet mit Ungeduld auf deine Entscheidung."

Alle Augen richteten sich nun auf Mulan, gespannt, was sie antworten würde. Da ertönte vom Himmel herab der kraftvolle Ruf eines Vogels und hallte zwischen den Wänden des Tulou wider. Mulan lächelte. Sie musste nicht hochsehen, um zu wissen, was sie dort sehen würde, sie tat es aber doch. Dort, hoch über ihr, schwebte der Phönix. Seine ausgestreckten Flügel strahlten in allen Farben des Regenbogens, wenn er sich mit dem Wind bewegte. Mulan strahlte. Ihr Freund und Beschützer war ein letztes Mal gekommen, um nach ihr zu sehen. Offenbar zufrieden mit dem, was er sah, kreischte er zum Abschied und segelte auf seinen kräftigen Schwingen davon.

Während sie dem Phönix nachsah, sagte Mulan ihm leise Lebewohl. Sie konnte im Augenblick nicht sagen, wohin ihre Reise sie führen würde. Doch sie wusste genau, dass sie stark genug war, alles zu schaffen. Denn sie war Hua Mulan, und sie war eine Kriegerin.